陈晓兰 著

鄂尔多斯山的女儿

中国文史出版社

图书在版编目（CIP）数据

鄂尔多斯山的女儿 / 陈晓兰著 . -- 北京 : 中国文
史出版社 , 2020.12

（跨度小说文库）

ISBN 978-7-5205-2847-4

Ⅰ.①鄂… Ⅱ.①陈… Ⅲ.①长篇小说—中国—当代

Ⅳ.① I247.5

中国版本图书馆 CIP 数据核字 (2020) 第 253912 号

责任编辑：金　硕　胡福星

出版发行	中国文史出版社
社　　址	北京市海淀区西八里庄路 69 号院　邮编 :100142
电　　话	010-81136606 81136602 81136603 81136605（发行部）
传　　真	010-81136655
印　　装	阳谷毕升印务有限公司
经　　销	全国新华书店
开　　本	650×960　1/16
印　　张	13
字　　数	180 千字
版　　次	2021 年 6 月北京第 1 版
印　　次	2021 年 6 月第 1 次印刷
定　　价	49.00 元

目　录

一个纯净、温暖、向上的世界

（代序）

刘永松

  认识蒙古族作家陈晓兰已经十多年了，她的脸上始终挂着温和的笑容，让人在寒冬亦觉温暖。她的善良、坚强、执着更是令人敬佩，她的新作《鄂尔多斯山的女儿》就是在巨大的病痛之中坚持完成的。捧读她这部散发着墨香味的心血之作时，正是冬日，春城的暖阳从窗口倾泻进来，给阳台上盛开的鲜花镀上了一层金色，和着一杯咖啡，被她的书带进了一个纯净、美丽而温暖的世界。"爱不释手"这个词的深刻含义终于被鲜活运用，我第一次以一天的时间读完一部长篇小说，并思如泉涌般地写下这些文字。

  一翻开书，浓郁的草原生活气息就扑面而来，夏季，绿草茵茵，百花盛开，蜂蝶翩飞，让从未到过草原的我在书中进行了一场美丽的旅行。冬天，漫天的黄沙壮美、苍凉，有一种历史和生命的厚重之感，让人能在孤独中品味人生的真谛。然而，在饱览了壮美的景色之后，就开始陷入自然环境恶劣，主人公生存状态的艰辛之中去。

"月亮湖",一个诗意一样美丽的地方,住着的是一个摔断了腿躺在床上出家的年老女人——娘娘,还有三个照顾她的年幼孩子,最大的乌兰达莱以优异的成绩考上县初中,为了照顾娘娘而辍学。还有一个10岁的弟弟,五六岁的妹妹从未进过学堂。年幼的三姐弟在远离人烟的月亮湖开始了和风沙对抗,和生活艰辛对抗的成人生活。

用小炭炉做饭、拾粪、牧羊、饮骆驼、在沙地里种菜,为了改善天天吃咸菜、白菜、馒头的生活还得想尽办法自制豆芽。每天天不亮起床,忙碌到半夜才能睡觉。冬天的深夜,有母羊产小羊羔了还得起来照顾。繁重的劳动,冬天的荒凉和孤独有时让辍学的乌兰达莱觉得悲凉,觉得艰难的人生不知何时是尽头,让她思考人生的意义究竟是什么?但无论再不甘,生活还得延续、重复,甚至有时候还得面临生命的威胁。风雪中牧羊的弟弟一直未归,冒着风雪,全身结了冰棱,鞋子湿透只能拎在手里,脚冻得失去知觉的乌兰达莱找到同样变成冰凌人的弟弟,艰难地赶着羊群在天黑才回到家中,冻坏的脚开始钻心之痛的那一幕让人忍不住落泪,为那恶劣的环境,艰难的生活,年幼却坚强的孩子。

这些关于日常生活的描写,真实、动人,如果不是作家有深刻的生活体验和深厚的笔力,是很难把那些生活场景真实、生动地呈现在我们面前的。但最令人欣慰的一点是,作家在抒写苦难的同时,还在里面融入了童真、童趣和浓浓的亲情,让人读之并不觉得压抑,更多的是感动和对主人公的钦佩。这也许就是作家对待生活的态度,无论生活再艰辛,她总是热爱生活,并充满希望,所以她在抒写主人公生活的艰辛时，也融入了许多温暖的亲情和童年的乐趣。

冰天雪地的草原，生活会变得异常艰辛，但对于孩子来说，玩还是天性，他们也不忘堆一个雪人，并且精心给雪人打扮一番，弟弟还说雪人是"落荒逃难的七品芝麻官"，笑声便弥漫开来，在冬日的雪地里升腾起无限的快乐和暖意。他们还给又细又密的草取名"牛毛毡毡"，在过春节的时候，把老山羊的胡子剪下来做成毛笔，用染衣服的朱青作墨汁写了对联，还给羊圈也写对联，给羊取好听的名字。姐姐乌兰达莱在每天一家人睡下之后，还点着汽油灯趴在炕上看书，年幼的弟弟和妹妹还有年老的娘娘就省钱给她买少熏人的煤油灯，弟弟给姐姐做了一张小桌子，把一双手弄得鲜血淋漓，但心里却万分高兴。这些细节描写，生动、真实、感人，温暖，就像一股清泉从心间流过。让人不由得想起了电影《海蒂和爷爷》，都是淳朴、善良，充满温情的人，看这样的艺术作品，会把人带入一个纯净，只有美好、善良，没有纷争、喧嚣的世界。也因为温暖，纯净，让原本恶劣的自然环境，生存的艰辛不再显得那么悲凉和凄惨，反倒滋生出一种向着太阳奔跑的力量。就像书中写到的太阳花一样，只要有一丝阳光，就会茁壮成长，给人以力量。

但作家还不满足于为我们构建出这样一个美丽、纯净的世界，她还要在生活中融入哲理，在哲理中升华，并且能在哲理中和恶劣的环境抗争，和既定的命运抗争，从而改变命运，寻找人生的价值，这才是作家要深入构建的另一个世界。

主人公乌兰达莱带领着弟弟、妹妹和恶劣的自然环境抗争，逐渐让贫穷的生活有了起色之后，她不再满足于延续的生活。开始找来课本自学，并教弟弟、妹妹识字，还把自己对生活、生命的思考用文字记录下来。终于，"功夫不负有心人"，她的文章发表了。发表文章后不满足于现状的乌兰达莱又争取到上北京读大学的机会。终于，她改变了自己的命运，在城市扎了根，还读了研究生。其间，她的每一步努力，每一次勇敢、大胆的尝试，都令人唏嘘。同时，忍不住对她产生敬佩之情，她的成功，她的励志值得很多人学习。在她的身上，我们永远看到的只有笑对生活，一种积极向上的精神，一种对生活的热爱，对生命的热爱。不由得让人想起一句名言："生活是一面镜子，你对它笑，它就对你笑；你对它哭，它也会对你哭。"

乌兰达莱每到一处，总会碰到帮助她的老师、同学等，让人总觉得人间处处有温情，而不是时下的冷漠、麻木、勾心斗角，所以读这部书，总是让人觉得温暖，有一股催人向上的力量涌入体内，让人有一种要用全部的热情去拥抱生活的冲动。

当然，"桃花源"式的生活只是陶渊明的一种人生理想，他生活的时代却是极其腐朽、没落、黑暗的。作家陈晓兰笔下纯净、温暖的鄂尔多斯山，在远离人烟的地方，所以有着诗一般的纯净和美丽。但走出鄂尔多斯山之后，生活就展示了它残酷的一面。让主人公乌兰达莱体验到了城市繁华生活背后的人性丑恶，她为之付出全部真心，认为至死不渝的爱情结果却是一场精心设计的骗局。爱情于那个她以为可以托付终身的大哥，终究只是为了让乌兰达莱拼尽全力为他调动工作，来大城市扎根。伤痕累累的乌兰达莱还没有走出爱情的伤痛，她视为姐姐的同学又在世俗的婚恋压力下自杀。这一连串的打击让纯洁、善良的乌兰达莱不能承受生命之重，最后选择回到鄂尔多斯山去植树、造林，成为鄂尔多斯山永远的女儿。这结尾可以说是神来之笔，让整部小说有了更深刻的意蕴，也揭示出了"出走——回归"这一深奥的人生哲学命题。

这部书里还写了一些美丽的神话传说，比如沙漠中泉水的传说，老榆树坑的传说等，不但故事神奇优美，而且让人在故事中领悟善、恶的深层意蕴，同时让人对大自然、对神灵、万物充满敬畏之情。也让美丽的鄂尔多斯山多了几分神秘。这些神话传说，虽然着墨不多，却有画龙点睛之功效，让人读之能涤荡心灵，向上、向善。

这部小说还有一个最大亮点就是人物形象非常鲜活，出家人娘娘、弟弟、妹妹，主人公乌兰达莱，还有那些出现过的人物，每一人都在读者的脑海里留下了深刻的印象，每一个形象都饱满、生动，别具特色，有种呼之欲出的感觉。小说是以刻画人物形象为中心，通过完整的故事情节和具体环境的描写，广泛地反映社会生活。一部小说是否成功的标志就是人物形象塑造是否成功，从这一点上说，陈小兰的这部小说是非常成功的，关于主人公的描写，把鄂尔多斯山人淳朴、善良、不畏艰险、不畏强权，笑对生活的性格表现得淋漓尽致。之外，里面涉及的人，哪怕只出现一面，作家都能用寥寥几笔就把他们勾勒得活色生香。

这部小说里还巧妙地融入了很多哲理、佛学，让整部小说的意蕴得到了最高层次的升华。比如佛说众生里一个文状元、一个武状元和一个孕妇的故事，让人明白做人要看别人的长处，常看自己的不足。还有佛家轮回故事，"羊跪乳之情"的故事，还有书中直抒的哲理："忍耐是一生的修行，过程是痛苦的，结果是美妙的，不论是逆境、顺境、胸怀肚量能容事，善意就会化解，就会雨过天晴。忍耐是一种智慧；不是软弱、逃避，而是自我的超越。""学佛不是让我们变成一个与众不同的人，而是让我们做一个正常生活的人，一个善良的人，懂得用佛学降伏自心，调柔安静、消除贪婪、傲慢、嗔心等烦恼，有正能量的人，对社会有贡献的人。"等都能让人获益颇深。

这是一部优秀的小说，在作家为我们建构的纯净、温暖、向上的世界里我们可以涤荡去世俗的污浊，让自己明白人生的意义，用热情和生命来拥抱生活。同时，也能懂得生活中舍、离，从而获得庄子一样的快乐和自由。最后，用作家笔下的一段充满哲理的话来作为结尾，让更多的人在这段最经典的语录中不断修行："一段路走了很久，依然看不到希望，就只有改变方向；一件事想了很久，依然纠结于心，就得选择放下，一些人变了很久，依然感觉不到真诚，就选择离开；一种活动，坚持了很久，依然感觉不到快乐，那就选择改变；有许多时候，必须、断、舍、离、放下过去，让心归零。"

楔　子

　　乌兰达莱出生的前一夜，她的额吉（蒙古语意为妈妈）萨娜梦见一头白象身上坐着一个小女孩儿，她百思不得其解，向额吉讲起此梦，她的额吉去向一位喇嘛请教，喇嘛说："梦见白象是吉祥的象征，普贤菩萨的坐骑就是白象，看来这个孩子将来是个不凡之人。"

　　乌兰达莱的额吉听后心中稍有安慰，她明白这个孩子日后必定要经历人生的坎坷、苦难，以及非平常人所承受的一切。这也许是命运的安排，从孕育她的那一刻起，就已经预示。

　　萨娜出生并成长在内蒙古鄂尔多斯草原，远祖是成吉思汗的后裔，她的祖父曾是鄂尔多斯草原一个盟的地方长官。清代时，远祖还被皇帝封为王爷，萨娜是正宗的具有皇室血统的人。二十世纪六十年代，萨娜跟家人随父亲来到了草原，在周围冷漠的眼神里，萨娜渐渐地长成了大姑娘。一次偶然的机会，萨娜与来自宁夏银川平原的青年医生余明相识了。也许是因为有着相同的命运，使得他们更加珍惜彼此，很快二人便坠入爱河。在双方父母的祝福下，他们结合了，组成了一个幸福的小家庭，婚后半年，萨娜有了身孕，在一个暴风雪之夜，余明在为牧民治病回来的途中，掉进了山沟，等大家找到他抬回家中的时候他已经奄奄一息，临终前，他嘱咐萨娜："萨娜，你还年轻，会有好的前程，我们的孩子出生后就送回我的老家宁夏吧……交给我哥哥余海抚养，他们都是普通的农民。另外，就让孩子受汉族的教育吧，我希望孩子能成为一个汉人……"

在失去丈夫的日子里，萨娜悲伤中唯一的安慰便是腹中的孩子，这是余明的骨肉，她必须让自己坚强起来，保护好他的这一骨肉，让丈夫的在天之灵有所安慰。她向着长生天祈祷护佑这个孩子平安地来到这个世上。

第一章

　　三个月后萨娜生下了她和余明的女儿，她给女儿起名乌兰达莱，蒙语达莱的意思是海。乌兰达莱出生后三个月的一天，余明的哥哥余海来到草原，他拿出弟弟生前写给他的一封信，看来余明对自己草原上的命运已经有所预感，但没想到会这么快离开萨娜，因为对命运的预感，使他在离开人世前的几个月就给哥哥去了一封信。对后事做了安排，余海还以为是年轻人一时头脑发热想得多而已，并没有把他信里提到的事当真，没想到收到信后没多久，便传来弟弟去世的消息。

　　"萨娜，请你尊重余明的决定吧，你还年轻，一个人带着孩子不方便，你放心，我会把这个孩子当成自己的孩子一样抚养，我的妻子也刚生下一个女儿，比乌兰达莱小两个月，她是个善良的女人，不会让乌兰达莱受委屈，孩子是弟弟的根啊！你就放心吧，等孩子长大了，我会让她来认你的。"

　　"哥哥，既然是余明的决定，我会尊重他的选择，请你们把她当自己的女儿抚养吧！在十八岁之前不要告诉她有我这个额吉存在，余明说让她受汉人的教育，像汉人一样生活……"

"萨娜，请放心吧，请相信我……"

就这样，萨娜亲自将孩子放在余海的怀抱里，看着他带着孩子骑上马消失在草原深处。她泪如串串珍珠般落下，她明白，此后，孩子让她魂牵梦萦了。

余海将孩子放在北方的大铺炕上的时候，看着自己刚出生不久的女儿，对自己的女人说：

"海英，我们女儿的出生只有李婶知道，目前还没出月子，我们已经向李婶说了，让她对外讲我们生了双胞胎女儿，这样对小乌兰达莱将来的成长有好处。好在我们这里坐月子外人不能来探望。我们门上一直挂着红布条，卫歌、卫星都在她奶奶那儿，说好等你出了月子再接他们回来，这些我都提前做好了准备，你就当多生了一个女儿，好好待这个孩子，我会替弟弟还你的恩情的。她是我们余家的骨血，弟弟的根……"

"你放心吧，我会像对待亲生女儿一样来抚养她的，有我们闺女一口奶吃就会有她一口。"

余海等女儿满月后就去乡政府上户口。他找了乡上管户口的余明的同学，向他说明了原委并请他保密，他出示了乌兰达莱的出生证明，尊重弟弟的遗愿，让孩子的民族随了母亲，名字也上了她额吉萨娜起的名字。余明的同学还帮忙出主意说将来若有人问起孩子的名字和民族时，可以解释说是拜了一位蒙古女人做干妈，是为了好养活。

余明同学的帮忙让余海非常感动，他揣着户口本走在回家的路上。余海是一个读过书的人，也学过医。但是父亲临终前却对他说："儿子，不管你有多大的本事，这辈子就好好地当个农民吧！还是四道田埂靠谱啊！"

余海尊重父亲，老老实实地在乡下当农民，几次县乡都来人找他进城当干部，他都婉言谢绝了。那个年代像他这样的文化人不多，因家里需要他，也许是因父亲的遗言，让一个有用的知识分子成了庄稼人，这确实是可惜了一个人才。

小乌兰达莱和妹妹达楠两个月就独自在家里的大铺炕上躺着。因为奶奶在姑妈家养病，妈妈又要上工挣工分，姐姐才四岁，哥哥两岁，他们也暂时跟奶奶住在姑妈家。妈妈每天回家来喂三次奶，就把她们放在炕上睡着。奇怪的是达楠还哭几声，小乌兰达莱却很少哭。乌兰达莱八个月会爬的时候，一天，妈妈忙着在炕上和面，北方的炕头上靠灶的地方都砌着一个台子，是为防止孩子从炕上爬向灶台。妈妈去抱柴的工夫，小乌兰达莱爬到台子前，在妈妈进屋的时候，眼看着乌兰达莱一头栽向锅里，幸亏锅上有盖，就在孩子差一点掉锅里的那一刻，母亲抓住了她，但滚烫的开水溢出锅盖，孩子的半边脸已被热气烫伤，红成一片。不一会儿起了半脸的燎泡，孩子哭了一夜，父母抱着她也流了一夜泪。幸亏余海懂医，给她上了治燎伤的药，没想到这孩子第二天早上居然不哭了。余海说：

"这个孩子的忍耐力非常人所比，才八个月疼成这样居然哭了一夜就忍住不哭了。日后必是个可造之才，不是说三岁看老吗？我看八个月就能看到了。"

"她爹，我真担心孩子脸上留下疤怎么办，那可不毁了孩子一辈子！"

"你别担心，我用了家传秘方，不会留下疤的。"

"那就好，否则怎么对得起她父母。"

"以后把这个话埋在心里吧！她是我们的女儿。"

"我记住了！"

可是乌兰达莱两岁多了，还不会叫爹妈。余海带她去检查，专业医生也说没有毛病，很正常。有一天乌兰达莱、达楠和邻居的孩子在院子里玩，邻居的小女孩欺负乌兰达莱不会说话，用脚踢她、揪她的头发。门口来了一位化缘的和尚，他抱起乌兰达莱，对那个打她的女孩说："阿弥陀佛，小施主，切不可欺他人弱小。"

这时刚好余海回来，忙请老和尚进去坐下，用素净的水泡了茶。向他请教。

"师父，这个孩子都两岁了还是不会说话。求大师指点。"

"施主不必担心，一切顺其自然就好。记得一定要善待这个孩子。不枉她与你父女一场。"

余海记住了老和尚的话。难道老和尚能掐会算？他深信不疑。这也许是来指点他的神明吧！

乌兰达莱和达楠六岁时，余海把她们双双送进学校。乡村学校条件差，但两个孩子都很用功，乌兰达莱因为身体差，成绩不如妹妹达楠，达楠在班上第一，乌兰达莱第二。她从不嫉妒妹妹，每每为她高兴得手舞足蹈。

可她们四年级的时候，余海得了一场重病，不能干重体力活。母亲在她们出生之后的四年里又生了一个弟弟和一个妹妹。家里的日子艰难得快揭不开锅了。紧接着又实行了包产到户。因为没有壮劳力，母亲一个人无法维持这个家了，懂事的哥哥主动提出回家务农，他才十二岁。妈妈觉得供三个孩子上学着实困难，便又让达楠放弃学业，回家帮衬家里，达楠哭着不愿回家，母亲说：

"达楠，姐姐身体比你差，让她读书吧，你大姐已经上高一啦，她若能考上大学，也能快一些帮家里，你才四年级，家里实在太困难，就别读书啦，回来帮妈妈和哥哥吧，弟弟妹妹也需要你带。"

达楠哭着答应了母亲，达莱对母亲说：

"还是我回来吧，我是姐姐！"

"不行，你看妹妹比你高出一头，干农活你又干不动，你还是好好读书吧，不准再说这种话啦。"

晚上，孩子们都睡了。余海夫妇在自己屋里悄声商量着："孩子他妈，我们为了乌兰达莱，让达楠回来是不是太残忍啦。""这也是没办法的事，看家里的情形，我们只能牺牲达楠的前途来保达莱了。我们要对得起你死去的弟弟。这个孩子不能在亲生父母身边长大已经很可怜啦。我们尽我们的所能吧！如果她们两个都念书，家中的状况，恐怕会把两个孩子都耽误了，还是一心保全一个吧！"

乌兰达莱五年级时，姐姐考上了大学。临走时，姐姐对乌兰达莱说："妹妹，你好好学习吧，将来考上大学姐姐就毕业了，我工作了供你读大学，你学习那么好，一定能考上大学。我们农家的孩子，只有考上大学才能有工资拿，能转城市户口。想实现自己的梦想就只有好好学习这条路了。"

"姐姐的梦想是当医生，考上医学院，你的梦想将来就可以实现了。"

小学毕业，乌兰达莱以全班第一的成绩考上了县城的重点初中，但她直接找了乡中学的校长，向校长谈了自己的想法："校长，我们家孩子多，父亲身体不好，母亲一个劳动力无法养活我们这么多孩子，哥哥为支持姐姐念书放弃上学回家务农；妹妹为我也放弃了上学，我若去县中学上学，家里的负担就更重了，我还是在乡中学读初中吧。"

"乌兰达莱，你若愿意留在乡中学读书，我很高兴。只是你要想好，县中学教学质量好，考上重点高中，就意味着考上好的大学，将来就有好的前途。"

"校长，我想好了，就在乡中学念书，一来可以减轻家中的负担，二来放学还能帮家里干些农活，我会努力好好学的。"

"这个孩子，完全是个小大人，以后有什么困难就来找我。"

乌兰达莱开学前几天才告诉父母她不去县中，父母看木已成舟，只好由着她。余海对妻子说："这个孩子小小年纪，有主见得很，她怕早些告诉我们，我们会反对她上乡中学，现在说，我们也没有办法，只好由她了，你看她，才五年级就把我的藏书看完了，谈起历史及历史小说，都赶上我了。我会尽我所能辅导她的，凭她的聪慧在乡中学也能学好。"

"你就宠着她吧！这么大的事都不和父母商量，以后还不知会干出什么让人吃惊的事呢。完全一个男孩子性格，看着纤细，骨子里藏着劲呢！"

余海笑笑，没有再说什么。

在乡中学读书的半年里，乌兰达莱充满了朝气，她是班长又兼学习委员，校长又是班主任，他夫人教她语文，因为她作文写得好，很得语文老师喜爱。每天太阳升起时，乌兰达莱就在校园里蹦跳着跑到老师办公室抱批改好的作业本，分发了作业本之后便领着同学们晨读。

她在语文方面表现出特有的天赋，她的作文《我和母亲》在全县中学生作文比赛中获得一等奖，把语文老师高兴得合不拢嘴。难度很大的古文她能够一个小时背会，傍晚回家一边喂牛一边背着："环滁皆山也，……"把牛吓得都停止吃草。

星期六，乌兰达莱领着弟弟背着背篓到东沙窝边拾粪，那里有一口水井，给队里喂牛的老汉每天都把牛赶到那里去饮水。等牛走后，便有冒着热气的牛粪，姐弟俩每人背一篓，一边喊着一、二加油，一边唱着歌回家。

余海身体不好，乡里照顾他，让他到离家十几里外的地方看林场，十多天才能回一趟家，拿妻子给他擀好的面条。西北的男人很少有人会在家里做饭，做饭是家里女人的事，男人们多是扶大犁、赶大车、干体力最重的活，掌管家里的"大事"。家里决策性的事都听男人的。余海不会擀面条，妻子每次都把调料和少得可怜的羊油块和面条给他装好，柔声说："煮面条多煮会儿，晾干的面条放久了有干心，岁数大了，煮烂再吃。"

余海轻轻地"嗯"着，点着头，对妻子说："娃娃们小，肚子给他们吃饱，可别惯坏了他们，该做的就让他们做，不听话不要手软，该打就打，惯下坏毛病，大了就管不了，疼他们也得管好他们。"

"他爹，娃娃们都很懂事，你就放心吧！"

冬天，河封冻了，沙漠里的骆驼草干了，芦草也干了，一切都是白茫茫的，风吹起的时候，这些白茫茫的东西都在狂风中飘舞着，没有着落。星期日，姐姐从省城医学院请假回来几天，想着父亲在林场河滩上割的蒲草和修剪下的树枝，便带着弟弟妹妹四个人拉着小马车，一起到父亲看的林场去拉蒲草和干树枝。

乌兰达莱说："姐姐，我们四个加起来是壮劳力呢，明年，我们的小马驹长高，可以拉车啦，我们就不用人力拉啦。"逗得大家都笑起来。

农历十一月的西北已是滴水成冰的日子，母亲做的棉手套已是够厚，但冷风仍是向指缝里钻，达莱和达楠还好，在车辕和车厢连接处拴上绳子，然后绳子头上打上一个能够套在肩胛上拉的绳环。把绳环套在肩上拉车，手便可以互相插进袖筒里抱在胸前走。掌辕的任务便由哥哥姐姐互换着承担了，可能是人的本能吧，哥哥姐姐能够默默地承担着这一切。在吃母亲给带的饼子时，总是让着两个小的，达莱达楠也很卖力气，绳子总是绷得紧紧的，她们多出一份力，哥哥姐姐就减轻一份力。

林场是一大片河滩地，是河水涨时把河岸上的泥块搬进水里，水退时便形成了河滩地，许多年后河滩上便自然长起河柳和蒲草、芦苇草，没有树的滩地可以种扁豆、豌豆。夏天豌豆熟时，父亲回来的时候，总不会忘了给孩子们带一包回来，把子儿剥了用来煮粥喝。兄妹四人拉着小马车越过冰冻的小河沟，走过一片树林子时，便远远地看见父亲的背影了，父亲正弯腰捆蒲草等着他们来装，夏天割下晒干的蒲草黄灿灿的，手搭上去有一种软乎乎、柔酥酥的感觉。滩地上的黄土和白土沾满了他们的鞋子，这片河滩已有好多年的历史，冬天退潮，地下便是干燥的，乌兰达莱见父亲一个人在滩地上孤零零的，眼泪便落了下来，泪珠立刻在脸上冻成了冰凌。她不明白人为什么活得这么艰难，从这时起她开始触景伤情，一个十来岁的孩子不明白太多的人生哲理，心灵毕竟是纯净的、稚嫩的。

装好了车，父亲便掌着辕，兄妹四人把绳环套在肩胛上拉着向父亲住的小屋走去，小屋在小河沟的岸边上，地势很高，夏天涨水也不会漫上来，到小屋门口看看太阳已经到了正午，把车停在外面，父亲领他们走进小屋，屋里没有炭火，炕倒是热，父亲让他们坐在炕上暖脚，他抱来柴火在灶里煮着他们母亲给带来的面条。姐姐是坐不住的，给父亲把被子衣服叠好，炕扫干净，这时候小屋里是沸腾的，有了家的气息。拌着母亲用油炸的红红的油辣子吃着面，给父亲讲着家常话、笑着。父亲慈祥地笑着看儿女们吃面，心里是满足的。

吃过饭，休息一会儿，他们开始上路，父亲一直把他们送到大路上，一再叮嘱路上要小心，不要吵架，尽量早点回去。还掏给乌兰达莱和达楠每人两毛钱，让买点糖果吃，八十年代两毛钱对娃娃来说是个不小的数目，有一次乌兰达莱捡了好几个星期的破烂才卖了几毛钱，结果让同桌的女孩子从她的铅笔盒里偷走了，气得哭了好几回。

春节过后开学前两个星期，父亲说起她的娘娘（西北人叫未出嫁的姑姑为娘娘），乌兰达莱对娘娘的记忆是深刻的。记得她上二年级时没钱买字典，因为父亲正住院，当时家里根本拿不出两元钱，娘娘用仅有的两元钱给她买了字典。娘娘是个出家人。后来，随着乌珠去了鄂尔多斯草原，一去就是好几年。据说是在乌珠的帮助下，靠给蒙古人做针线活维持生活。两星期前乌珠送了娘娘回来，是因为娘娘摔伤了，她执意要回家乡来。父亲说娘娘不愿回到黄河岸边的家里，她要住在鄂尔多斯台地月亮湖爷爷留下的园子里，前年落实政策后国家把园子归还给了余家。他已经收拾好了小屋安置好了娘娘，目前是乌珠暂时照顾着，父亲说乌珠还得回草原的家，在开学前希望乌兰达莱带着八岁的弟弟明儿先去照顾娘娘，到开学时再想办法。

乌兰达莱说："爹，你就放心吧，我明天就去月亮湖照顾娘娘。"

乌兰达莱走进月亮湖小屋的时候正是黄昏，和弟弟在沙漠中跋涉了整整一个下午，走进园子的时候，她感到胸口闷得很厉害，喘不过气来。这是一片在沙漠中间的树林，园子墙由一圈沙枣树形成，小屋坐落在园子的中间，门前的杏树都挺着僵直的树干站立着，乌兰达莱看到这样的情形，急迫地走进小屋子。

屋里很暗，猛然进来，一片漆黑什么也看不见，站在地上好半天才缓过神来，娘娘躺在炕上静静的，乌兰达莱进屋来她丝毫没有发觉，大概是睡着了，她头发有些散乱，脸上浮肿，乌兰达莱握着弟弟的手开始哆嗦起来，眼泪也随之涌了出来，终于还是忍不住哭出声来。她的哭声把娘娘惊醒了，她抬起头看见乌兰达莱，声音极没有力气地说："达莱，你来了，一定走累了，先坐下歇一歇，几年不见，小侄女长高了……"

娘娘用力欠了欠身，达莱忙走过去揽住她的双肩。

"娘娘，你要坐起来吗？我扶你。"

乌兰达莱一手揽过娘娘的肩膀，一手伸进她背部，用力把娘娘扶起来，因为用了平生的力气她脸涨红了，呼哧呼哧地喘着气。把被子、枕头、大衣垫在娘娘背后让娘娘能坐一会儿，她环视着小屋的三个小窗户，每个小窗透进的光亮并不能给这个屋子增加太多的光亮，因为用白纸糊着而更显得暗淡，小屋在达莱的视觉中最多只有十五平方米左右，两边都打了土炕，中间的一块地方靠墙处打了灶和土炉，灶炉把两个小土炕连了起来，地便小得可怜了，灶的上方墙上钉了两个长方形木板，放碗和盛油盐辣椒的小罐，挨着木板钉着小筷篓，是弟弟用剥了皮的柳枝编的。

乌兰达莱拿起火棍去捅小炭炉，火着得暗，已经奄奄一息了，找了几根干柴，加进去点着，又放些好的炭进去，不一会儿炉火开始旺起来，屋子里增加了几分暖意。

这时乌珠进来，娘娘说乌兰达莱应该叫乌珠姑妈。乌珠姑妈把碗洗得很干净，整齐地扣在木板上，装油盐、酱醋的小罐子都整齐地摆在木板上，用的盆子放在靠东的小炕上，小炕靠墙处排放着羊料及米面袋子……

乌兰达莱拿起面盆用勺子舀了面粉和起来，面和好后把母亲来时给准备的豆腐、面精、粉条、紫菜、黄花菜取出来，打开她用攒的零用钱给娘娘买的水果罐头，倒进碗里。对乌珠姑妈说："乌珠姑妈，今天您歇着，我给您和娘娘做一顿素食斋饭。"

乌兰达莱调好了汤，又把清水锅换过来烧开，把切得很细的面下进锅里，煮熟捞出来舀上汤后给娘娘和乌珠姑妈端上来。

收拾完碗筷，走出屋外，天已经全黑了，四周的沙漠黑幽幽的，夜风吹到脸上，如一枚枚风针刺进皮肤里般难受，园子里的树静静地立着，如一个个没有穿衣服的稻草人挺立着，向上的枝干像一双双没有皮肉的手骨向上伸着，她不禁产生了一种说不出的凄凉之感。

第二天，乌珠姑妈要回去了，临行叮嘱乌兰达莱好好照顾娘娘。看着姑妈的枣红马向鄂尔多斯草原深处奔去，乌兰达莱的心也跟着飞去，她望着像长龙一样的山脉，想起父亲曾对她说过的话："孩子，你知道这山脉的名字吗？爹叫它鄂尔多斯山，它像一条长龙一样把蒙古鄂尔多斯台地和银北高原连接在一起，也像蒙、汉两个民族的人们连在一起，人们世代生活在这里。这山、这水养育着蒙汉儿女。父亲希望你做这山的女儿，有鄂尔多斯山的胸怀和气魄。"

第二章

乌兰达莱站在鄂尔多斯山顶上，望着远处黄河岸边的学校，那是她过去读书的地方，那个地方留有她童年最珍贵的记忆和快乐。当一星期前决定留在月亮湖照顾娘娘放弃学业时，她就知道，必须默默地承担起不是她这个年龄所承担的一切。

她对娘娘说："娘娘，我留下来照顾你吧，你身边不能没有人，弟弟还小，我和他一起留在月亮湖吧！"

"达莱，你学习好，昨天你爹来说校长听说你不上学，都去家里找过几回了，你爹说，让达楠来照顾我，你还是回去念书吧，娃娃一辈子的前程不能毁了。"

"娘娘，我们家现在的情况，爹身体不好，不能干农活，我妈腿有残疾，爹妈都年龄大了。地里的农活全靠哥哥和达楠，若是达楠来照顾你，我哥一个人那不得累死，达楠可是顶一个大人干活呢。我们家孩子多，供我姐一个大学生都不容易，我爹都没让弟弟上学，八岁就开始放羊啦。但是为了生存，我爹能有什么办法，不管怎么说，我已经决定不上学啦。"

乌兰达莱留在了月亮湖的小屋里，夜晚她缝补着衣服，屋外没有任何声响，不刮风的夜便寂静得很。缝补好了衣服，叠好，封了煤炉，躺在炕上望着黑洞洞的房梁怎么也睡不着，炕热烘烘的。她知道，从决定不上学开始，她对月亮湖这个家就有了责任，后来便进入了梦乡。她做了一个很美的梦，梦中的那个地方她从未见过，四周都是云雾缭绕的。娘娘悠闲也很精神地坐在一个大蒲团上，一点也看不出病的样子，她和弟弟都穿着电视上看过的小王子、小公主的衣服，捧着那种古装的书看，一会儿又骑着白马玩笑着奔向一个非常美的地方赛马……

早晨醒来的时候，天还没亮，乌兰达莱穿上衣服下炕，把火炉捅旺烧上水，又走出门外到羊圈去，初春的早晨干冷干冷的，手一伸出去就冻得伸不开了。有一批产羔的母羊快到产羔期。远处的沙漠像黑色的海浪要涌过来似的，树枝黑压压地挺立着，像鬼怪似的，乌兰达莱听娘娘讲过鬼的故事，似乎眼前黑压压的东西像鬼似的，她头皮发炸，浑身哆嗦起来，一口气跑进屋关上门，娘娘被她惊醒，在炕上说：

"这娃娃，害怕了。害怕喊宁儿和你一起出去看！别把魂吓丢了，害怕时就默念观世音菩萨，观世音菩萨会保佑你，就不怕了……"

娘娘是佛教徒，从十九岁出家到如今，过着清苦的生活，人们都尊称她为妙诚师父。她一直相信人有灵魂，吓没了魂可是件不得了的事。

娘娘已是六十多岁的老人，乌兰达莱望着娘娘苍老的脸喘着气说：

"娘娘。没吓掉魂……只是怕……怕……外面很黑。"

乌兰达莱开始准备做早饭，天亮太阳出来羊就得放出去吃草。弟弟妹妹还睡得很香，娘娘醒了也没有说话，静静地躺着，乌兰达莱先点燃灶里的火让炕暖和一些。

弟弟醒来天已经亮了，一夜的睡眠使他很精神，一骨碌爬起来，下地洗了脸帮乌兰达莱做饭，小手熟练地干这干那，漂亮的圆圆的脸笑盈盈的。

娘娘说："到底是个孩子，没有忧愁，睡一觉就把苦累都忘了。"吃饭的时候，放上小木桌，他们盘腿坐在炕上很高兴地笑着说着。

娘娘说："达莱，可不能小看了宁儿，这娃娃要念书肯定成大器。前段时间你没来时，天天放羊，又背柴，回来还想办法给我做吃的，那天我吃不下饭，他把青萝卜切成块熬成汤让我喝，说是治消化不良。"

"娘娘，这法子是我爹讲的，他懂医，我们的头疼脑热都是爹给看的，他讲时我就记住了。宁儿，今年秋天你还是去上学吧，都八岁了，我在这照顾娘娘。"

"爹肯定不会让我去上学的，我看他从未提过，娘娘，你说，我爹为啥不让我们上学？"

"唉，一来是家里供不起，二来你是男娃娃，是家里的主要劳动力，女娃干不动农活。"

乌兰达莱和弟弟站在月亮湖家园子靠东的那个大沙丘上时，向下望去便看见月亮湖的全貌。它的长宽有一公里左右，东西南北的沙漠使它形成圆形，东、北、南都是沙漠，唯独西面是由沙漠和一些红土带石子的土丘组成，远远看上去土丘上的骆驼刺秆在初春里呈白色，它们也叫白刺。乌兰达莱家园子在东，南面是内蒙古设在月亮湖的一个管理站的树园子，靠西还有一片树林，南园子上方有一个水库，水库再上方是细细的泉水溪流流向水库，南园子靠东是一道很高的红土梁，梁上是被雨水冲刷的一道道深的沟壑。红土梁最高的顶上有座娘娘修的小庙，门向北开着，红土梁小庙背对着的是月亮湖中间的一个鼻子形的土梁，小庙背后是内蒙古和宁夏交界的界碑。乌兰达莱家园子向东南上方有一泉水，水一直向下流进水库，再从水库的开口处一直流向北边的低洼处。水库的大坝很宽，这无疑是当初管理站的杰作。乌兰达莱家园子下方最靠北是一片大草坪，娘娘说夏天草坪上会长出像牛毛样的细草，她叫细草地为牛毛毡毡，现在草坪上的干牛毛毡毡看上去是黄黄的一片。草坪向北的低洼处是像封冻的湖湾样平滑的冰面，在冰湖里立着的沙丘像温柔的骆驼卧着。

乌兰达莱望着自己家的园子，不知是什么原因，心里涌起一股亲切感。那里从很早到如今定是有许多故事，四周是沙树形成的一个天然的围墙壁，园中间的那株大树出奇地大而高，足以证明这个地方的历史悠久和沧桑，杏树黑压压的，那些柳树儿似乎有许多话要说似的，没有叶的枝干在轻风中摇摆着，小屋在园里孤零零地立着。

弟弟说："姐姐，园子里还有两株核桃树，三株枣树，还有大椿树……娘娘说，四十多年前，爷爷发现了这块地方，那时只有泉水、草地、红土梁、泉水汇成的湖，爷爷喜欢上了这块地方，他说那个大红土梁是龙的身，鼻子形的红土丘是龙的鼻子，西南的泉和东南的泉这两眼泉是龙的眼睛，龙身两边的像耙似的土丘是龙的爪子。爷爷认为这是一方宝地，便在最合适的地方修了小院子，盖了小屋，修了围墙。在月亮湖安了个家，养了很多牛。爷爷去世后，我们的园子归了公。随后内蒙古在这里安置了管理站，他们修水库，种树，花的钱多，但效益并不大，小庙是两区的交界，据说好多年前就分的，区图上也都占了位置，庙南是属内蒙古，庙北属宁夏。直到分了责任田变了政策，爷爷留下的这片园子才归还给我们家。内蒙古管理站的主要任务是管理鄂尔多斯沙漠里生命力极强的灌木柠条。据说它能防止水土流失，防风固沙。以这个小苗为界向南的是鄂尔多斯沙漠和草原，向北的是鄂尔多斯台地……"

"哇，宁儿，你记性这么好！娘娘讲的事你记得这么好！"

"姐姐，你看，我这里有好东西给你看，是沙窝里捡的，你猜是啥？"

乌兰达莱摇摇头，接过弟弟手中的盒子打开，里面装的是一些小铜钱，中间是方形的，有的缺了边，还有一个黄色的圆形的带着链子的项链，是黄铜的。乌兰达莱惊得说不出话来，沙漠里会有这些东西。

"娘娘说，这些东西是好多年前进沙漠的人丢下的，打仗时也有人进来，还有土匪杀了人也就杀在沙漠里，还有从内蒙古来的人过这里渴死的……娘娘说，穿过我们这里向东的沙漠，就到内蒙古的大草原了。"

乌兰达莱摸搓着铜钱，很想从它的身上看出些什么来。

"姐姐，明天我带你去看，我在沙湾里还看到旧马镫、旧鞋、铃铛，都破得开了洞，还有骨头，让沙子土埋了，是风刮出来的。"

第二天，吃过早饭，安顿好娘娘，乌兰达莱和弟弟赶着羊走向沙漠深处，沙漠上的柠条、沙蒿、芦苇、骆驼刺的枯干的枝摇摆着，风停的时候它们便静静地立在沙上，一动不动。羊们便嘴啃着它们的枯叶和细小的枝干，一些叶儿被风吹旋积在沙湾里，羊儿们看见便蜂拥而上去抢，有时还为抢一点叶而大动干戈，角对角打起架来，眼瞪得铜铃似的，乌兰达莱和弟弟抓住角把它们拉开，可跑出去半截路还继续打，也只好由着它们去打了。

终于到了弟弟说的有旧马镫的沙湾里，乌兰达莱看见那些不知在沙漠里沉睡了多少年的古东西静静地躺在那里，像在等待回忆过去的一些七零八落的心思。她拉起一个旧马镫来，多年来风沙雨雪的摧残，铁的马镫已经被氧化，一个个残破的洞像受够了岁月的创伤似的，她刨开沙地，在沙里发现了一块黄色的东西，捡起来见是一个圆形物，中间塞满了沙，她抠去沙，套在指头上，倒像个戒指，无疑是马铃上的装饰物了。还有一些被阳光晒得发白的骨头，不知是人骨还是马骨……乌兰达莱想到这些骨头组合起来的那些骷髅的可怕样子来。

"姐，这些东西让风沙给埋了又刮出来，刮出来又埋了，这么多年风吹啦、雨淋啦、太阳晒啦，慢慢就成了这个样子，是娘娘说的……"

乌兰达莱捡了那黄色的圆形物，别的原来怎样放着就让它们还怎么样。她渴望来一场大风把后面的沙丘推过来，永远掩埋了它们，让它们在沙更深层得到一种宁静。

乌兰达莱和弟弟一直赶着羊向沙漠深处的小泉走去，这里离他们的家月亮湖有五六里路。小泉的上方是很高的一个大沙头，这沙头是鄂尔多斯山最高的沙头了，其实沙头以下是红土梁，沙把红土梁埋了，不然沙梁也被风吹到低处去了。

小泉的冰一直倾斜着向下延伸，像镜子似的透明，宁儿他们用铁锹把泉眼处的泥沙挖堆起来挡成个小水池，羊儿们便在上面喝水。弟弟从沙蒿里拉出一个冰车来，是他自己用木板钉的，上面装着小木档，人可以坐上去往下滑，他坐上去顺着冰面一直滑下去，然后又把冰行车拉上来让乌兰达莱滑。她坐上冰车往下滑时，心提到了嗓子眼儿，冰车却不听使唤，一下便趴在冰上，弟弟直笑，她也笑得前仰后合。被弟弟拉起时，棉裤、棉袄湿了一大片，小羊儿们跑过来凑热闹，他们又拿起馍馍吃起来。

"姐姐，我带你到那个大沙梁去，在那儿我们可以看到河边的家……"

弟弟牵着乌兰达莱的手向上爬的时候，羊儿们开始往回走了……

她没爬上山腰就喘着气，腿发颤了，坐在山坡上不想动，她望着远处像一条银带子似的黄河，痛苦地想："难道我的人生就这样活下去吗？生命对于我，还能有更大的价值吗？"

他们鼓起劲向上爬，等上到山头的时候，一屁股瘫坐在沙地上起不来了，摸摸脸，烫手。

从沙顶上望下去，沙漠显得小而温柔了，像是平静的海，细细的浪花温柔地躺着……再向北望是黄河，像一条黄色的带子向东飘去，河边的村子很清晰地暴露着。乌兰达莱想起了母亲、姐姐、哥哥，他们现在在河边的家中干什么呢？还有学校的房子也清晰得看得见。她一下情绪低落到了极点，对着荒凉的沙山哭起来，她自己都被自己响亮的哭声震撼，她感到自己哭声越大越显得自己在沙漠的存在凄凉，弟弟吓坏了，也大声哭起来。乌兰达莱相信这将是她一生中最悲壮的一次哭泣，在这悲壮的哭泣声中，她为自己心中种下了一枚不灭的火种，这枚火种将在她心中永远燃烧，温暖着她不屈的心灵。

"姐姐，不哭了，以后我们不上来了，你想家、想念书，我知道你伤心。"

弟弟拉着乌兰达莱的手向山下走去，乌兰达莱的眼泪像小泉水般一样涌出来，弟弟也不说话，小脸像个大人似的冷静，用一种怜惜的眼光望着姐姐，这使她想起了"相依为命"四个字。

离月亮湖不远的时候，姐弟俩捡了干柴，解下身上背的绳子捆起来，背起干柴的时候，见弟弟小小的身体埋在柴捆里，她感到弟弟身上的柴火就像压在她身上一样沉重……

回到家，小妹来了，她已把柴拆好，炉子添满了炭，娘娘见了他们回来，高兴地说："达莱，今天你爹送了小妹来，说是给你们做伴儿，看见小月儿就高兴。唉，我苦了一辈子，你们这些兄妹也来受这份罪，你爷爷那时候不应该在这里修园子。这几天要是有一点鲜菜就好了，一冬天都是萝卜、腌菜。人老了，想有点鲜菜，嘴馋……"

乌兰达莱走出屋，看着黑黑的夜晚，她觉得自己和弟弟妹妹像园中的幼树一样，将在静默和忍耐中度过艰难的日子。她知道，对娘娘、弟弟、妹妹，她身上有一种责任，她也想着有一天，她能迈出一步跨到一个新的天地。

乌兰达莱知道，娘娘整个冬天所吃的菜只有土豆，腌白菜。娘娘是出家人，上了年纪又带着病。乌兰达莱随着娘娘过着出家人的生活。乌兰达莱倒出白酒来的时候，她看着白瓷碗，心开始有些抖，这段时间她给娘娘用点燃的白酒治跌伤，医生说是一种很好的治疗方法，可以消肿止痛。

划亮了火柴，碗里的酒便燃烧起来，酒的火焰是蓝色的，她没有犹豫抓起火苗向娘娘肿起的背上轻拍。手都被蓝色的火焰包围着，拍得稍慢会烫伤娘娘的背，所以她在这个时候十分小心，不断地抓起蓝色的火焰轻拍，小妹在旁边紧抿着嘴望着她，气也不敢出。

等娘娘、弟弟和妹妹睡着的时候，借着油灯，乌兰达莱看着自己的手，怕娘娘醒来看见，她用身体挡住了灯光，油灯本是很暗，小屋在这种很暗的灯光里显得很是朦胧。乌兰达莱的手红肿，指头伤处的皮开始裂开，钻心的疼使她倒吸一口冷气。娘娘眼花，她不可能发现她被燃酒烫伤的手，她想给娘娘早日治好伤痛比什么都好，受点疼她能够承受。

当躺下又想起娘娘想吃鲜菜的事，她又坐起来看着屋子动起脑筋。她披衣下炕找出盛黄豆的小布袋子。倒出两碗洗净，用温水泡起来，母亲告诉过她生豆芽菜的方法，等明天黄豆泡涨时，把水漏干放在热炕上，每天早晚用温水淘一遍，一星期便可以长出豆芽菜来了。

一星期后，乌兰达莱准备用豆芽菜和酸菜剁成馅给娘娘包包子的时候，娘娘轻轻地抓起一把豆芽菜，脸上露出慈爱的笑意："我们达莱也是大人了，泡得豆芽菜长得那么好。"乌兰达莱便也高兴起来，自信地笑着，小妹在一旁忙忙碌碌地帮她找这个找那个，还不停地问这问那……

"二姐,晚上小哥哥回来看见你做的包子,肯定能吃五六个,你快点包,我给你烧水。"娘娘给她们讲老龙王的故事,一边帮着包包子。乌兰达莱蒸好包子的时候,宁儿回来了,进来的时候带来一阵风,达莱忙解下弟弟的围巾,让他烤烤手,小妹忙着往炕上端包子,这时候他们的小屋充满了笑声,宁儿拿起包子递给娘娘:

"娘娘,你先吃!"

娘娘接过包子,拍拍弟弟的脑袋说:"现在小,孝顺娘娘,长大了有了媳妇就忘了娘娘喽!"

谁知宁儿的嘴里塞满了包子,竟一下子咽了下去,小脸涨得通红,娘娘忙拍他的背:"别急,慢慢吃,别噎着……"

"娘娘,你说要媳妇是啥意思?我长大了不要媳妇,我孝敬娘娘,给娘娘买好吃的。"

"长大了就知道要媳妇了,好娃娃,知道孝敬娘娘就好!"

"娘娘,好吃不?"

乌兰达莱问娘娘,感到兴奋,这是她第一次做的好吃的东西,看着宁儿、月儿吃得很高兴,她心里甜滋滋的。

母羊们开始产羔了,这时候是最累人的时候,初春的天气夜里滴水成冰,稍不留意羊羔就会冻死,每天晚上睡觉前必须打着手电筒到羊圈检查有无母羊产羔的迹象。

进屋睡觉的时候,宁儿说:"娘娘,二姐,羊羔夜里下了它会叫,听见羊羔叫就叫我,我不怕黑,把羊羔抱回来。"毕竟是小孩,头挨着他的枕头就睡着了,乌兰达莱拉好被角给他掖好,又给娘娘和小妹加了被子,这时候才感到一天下来累得支撑不住,便和衣而睡了。半夜中迷迷糊糊听到微弱的羊羔叫声,她腾地坐起来,天知道乌兰达莱哪来的这种警觉。她下了炕走到门口又呆住了，外面是黑沉沉的夜，心里想叫弟弟又不忍心，他睡得正香。达莱壮着胆拉开门走出去，恐惧感一下布满全身，仿佛园子里黑夜的树桩像鬼魂似的立在那里，腿肚子便也开始抖起来。远处传来一种鸟的怪叫，使人头皮发炸，她感到自己就要被这种恐惧吞没了。但小羊羔，它浑身湿漉漉的，母羊正用嘴舔着它身上的水，动物竟也有这样深沉的爱心，羊妈妈忍着刚生产的腹痛，竟立起来为自己的孩子舔尽身上的混浊。

乌兰达莱抱起羊羔，母羊跟在身后走出了圈，她回到屋划亮火柴点燃了油灯，扒出灶膛里和炉洞里的热灰给羊羔擦身上的羊水，然后烤干它的身子，放到母羊身边让它吃奶，真有意思，刚生下的小羊羔自己会找妈妈的乳头去吃奶，看把羊羔安顿好她才上炕睡觉。

乌兰达莱第一次看到沙漠中的雪景是在初春的时候，一场大风过后，鹅毛似的雪片便纷纷扬扬地落了下来。这时候，十米之外的东西什么也看不见。弟弟一早晨赶着羊群进了沙漠，她心开始急起来，要去找，娘娘说："宁儿记性好，不会丢的，羊儿们挺灵的，它们会回来的，上回雪比这回大，他都回来了。"

娘娘虽然这么说着，可脸上的表情却是不安的。乌兰达莱连忙把羊羔圈进圈，再三叮嘱小妹不要出去，在家里照顾娘娘看好羊羔。

乌兰达莱披了一件雨衣在雪中茫然地走着，脚下的沙漠因为在雪天而温柔了许多。寒风直钻进脖领，她只有凭着记忆辨别方向，沿着羊儿们一贯走的路线寻找弟弟和羊群，沙丘上的羊脚印稀稀落落的，吸收了雪水变得很湿。眼前的迷茫使她有些眩晕，这时候只有雪片没有声息地落下来，空寂的天空仿佛都停止呼吸。她不顾一切地向前奔跑，哪里才能找到弟弟和羊群呢？

不知过了多久，她肩上、眉毛上都结了一层冰凌。雪越下越大，天色暗了下来，她从怀里掏出电子表，表上显示出的数字是下午四点三十分。草原的天气下午五点多钟太阳就落山，此时离黄昏只有半个小时，她急得喉咙沙哑，呼叫弟弟的声调就变了音。

乌兰达莱用力向前奔跑，脚上的鞋已带了很厚的一层雪拌着的沙子。一个跟头跌倒却怎么也站不起来，脚上像灌了铅，她已经是筋疲力尽，连喘气都感到困难，弟弟和羊群，你们在哪儿呀？便声嘶力竭地哭起来，一边用双手抱住脚使出浑身的解数往外拉。终于把两脚拉了出来，鞋却是留在了雪和沙里，她把鞋一只一只地抠出来，已经全湿了，穿上还不如不穿，脚已经麻木没了知觉。她艰难地站起来提了鞋，用只穿着袜子的双脚向前迈出一步又一步，显然袜子也是湿的。幸亏浑身都是麻木的，幸亏没有感觉到疼。雪片越飞越大，脚步越走越重，这时候她多么渴望自己能够像雪花那样轻盈飞舞。

乌兰达莱终于在一个沙湾里和羊群相遇了，羊儿们都在头羊的带领下有秩序地向前走，见了她却亲热地叫了起来，在她身上用脑袋蹭着。她急切地向羊群后方望去，弟弟浑身是雪，棉帽上的雪已冻结成厚厚的透明的冰凌，身上的雨衣也是一片雪白。怀里却是抱着一只小羊羔，羊羔的大半身都包裹在衣襟里，小脑袋露着，眨着眼睛不时咩咩地叫，它的羊妈妈也跟在身后不时地呼唤着它。弟弟和姐姐一样，抱着羊羔的手臂里拎着两只鞋，整个成了个小雪人，乌兰达莱起初是松了一口气继而又泪如珠落，说不出一句话来，从弟弟手中接过羊羔抱进怀里，泪珠又不断滴落在羊羔雪白的身上。

"姐，不哭，我今年是第一次见这么大的雪，我不怕。你不能出来找，女娃娃没有男娃娃耐冻，你迷了方向就糟了。一个人出来没有羊群会走丢的。"

乌兰达莱不能够说出一句话，任凭眼泪流下来，这不是她软弱，她从来不认为流泪是件软弱的事。他们这么小的年龄过早地背上了生活的重负，在这里她又向谁去诉说呢？娘娘、弟弟、妹妹，还是沙漠、羊群？这些都不能，她只有流眼泪以示她心中的不平。如果宁儿不是笑着而是哭了，她则是会笑着去安慰他。面对风天雪地的沙漠、羊群和弟弟，她不能够保持心里稳定、平衡，特别是弟弟，一个仅仅十来岁的孩子以一种超人的承受能力去与风雪搏斗，她是为弟弟的承受能力而流泪，以他的年龄不该给他这些负荷，可是现实却是如此残酷，她相信像宁儿这样聪明绝顶的孩子去读书，他一定是一个人才。前年他用自己的压岁钱买了布，让妈给做了个书包，要去念书，却让父亲给送进了沙漠，那一次让他心灵上受到很深的创伤，以后只要提到念书他就会泪溢满双眼。想到这些，乌兰达莱便感到一种发自心肺的酸楚。

他们拎着鞋抱着羊羔往回走时。乌兰达莱惊异地发现这些生灵竟会有如此好的记忆，那只领头羊像个勇士似的在前面走着，雪片飞在它白色的皮毛上逐渐融化了，湿透的羊毛贴在身上，它瘦削的背便露了出来，那两只很长的羊角像头上的两把剑，它的脚健壮有力，因为它总是仰着头顶着雪为自己能够给同伴开一条路而骄傲。

离小屋不远时，天已经暗了许多，母羊们开始奔跑起来，羊羔们都涌向自己的妈妈，钻到肚子底下去吃奶，乌兰达莱看见娘娘让小妹妹扶着立在门前，身上已经是一片雪白，见他们回来，她激动地扶着小妹的肩膀向前迎上来。乌兰达莱和宁儿忙跑上前来扶住娘娘。娘娘像是许多年没见他们似的上下打量，一手拉住一个，挪进了小屋。

走进屋，一遇热，麻木的脚开始疼起来，弟弟的脚红得像熟透了的李子。一种让人难以忍受的疼痛直渗进乌兰达莱心里。宁儿的小脸涨得通红，却没有流泪，乌兰达莱便笑着对他说："哎呀，原来受了冻的脚是这种疼得滋味。"

乌兰达莱感到，肉体之疼也是一种痛苦，他们已经学会了忍耐，她抱着疼痛难忍的双脚，却是望着娘娘笑了起来，转眼看着弟弟，却是一副男子汉的嘴脸，乌兰达莱心里涌上一股无法言状的滋味来。

早晨起来，乌兰达莱做饭，弟弟、小妹却冻红着脸在外面扫雪，把院子里的雪堆积起来，堆了个大雪人，头上给戴了个草帽，黑炭镶的眼睛，红布包小石块做的红鼻子，还有黑木炭画的胡子，腰间扎了个布带子，见姐姐出来，宁儿说：

"姐姐，这是落荒逃难的七品芝麻官……"他们一起笑起来，小羊站起来，它准备走过来在雪人身上擦痒痒，小妹忙对它说：

"你可不能擦痒痒，把芝麻官给擦倒了。"

乌兰达莱扶着娘娘出来看雪景和雪人，树上都披了层厚厚的白雪，尤其是杏树的细枝丫上如一朵朵洁白的花儿，纯洁、淡雅，可爱极了。

乌兰达莱想起岑参的一句诗来："忽如一夜春风来，千树万树梨花开。"

吃过饭，乌兰达莱和弟弟赶着羊群走进沙漠，这时候的雪和沙被一夜之间的寒冷冻得硬邦邦的，走在上面发出咔哧咔哧的声音来，羊儿们用蹄子扒开雪找可吃的枯草，体弱的羊儿们缩作一团发抖。姐弟俩便捡来干的树枝，用沙蒿扫出一块地，把上面湿的沙子刨开，点起一堆火来。羊儿们站在火堆旁烤着身子。透过火焰，乌兰达莱看见雪原上的一大片沙海，无边无际，红白相间的海景灿烂无比，这使她第一次感受到高原沙雪海的美丽景致。

随着雪的消融，鄂尔多斯台地冬去春来，鄂尔多斯山显出了黛青色，山上的柠条、沙蒿、苦豆子、麻黄、沙芦草……渐渐地冒出了嫩芽，沙湾里的湿地挖一米多就有清澈的水流出来，汪成一个水潭，羊儿们便围在水潭边喝水。

春天里，产羔后的母羊身体弱，又要奶小羊羔，特别是草芽刚冒出沙的时节，羊儿们见了青就不愿意吃干草，乌兰达莱和弟弟商量："宁儿，让羊儿们度过啃青期就好了，我们家的经济就靠这群羊，大姐的生活费、书费、家里的油盐酱醋全靠剪羊毛卖的钱和秋天卖的绵羊，我们要把弱羊喂好。"

"是啊，姐，春天啃青期弱羊很难熬过，是特别愁人。"

"宁儿，我想了一个办法，羊用槽喂料，强一些的抢着吃得多，弱的就吃得更少。我们用布缝一些小口袋，缝上带子，戴在羊头上，把料里拌些萝卜丝，这样根据羊的强弱把料分配好，弱的羊就能保证营养了。"

"姐，这个办法好。"

晚上羊儿们回来，姐弟三人就把准备好的料袋子戴在羊头上，看着羊儿的头上各种颜色的料袋子，小妹笑得弯了腰。

天渐渐热起来，到了剪羊毛的时节，乌兰达莱跟着娘娘学会了剪羊毛。先是把羊抓住，握捆住三只羊蹄让它们躺下，然后用羊毛剪把羊毛剪下来，一尺长的羊毛剪技术含量很高，必须双手一前一后握着剪，特别注意不能剪伤羊皮。乌兰达莱很快掌握了要领，剪了毛的羊像脱去了冬衣，看上去轻盈滑稽。乌兰达莱望着远处的鄂尔多斯山，感到春天的风清新滋润，她的人生也将随着春天的到来而有新的起点。

第三章

　　三四月间月亮湖迎来了春的气息，乌兰达莱家的院子里的杏树含苞待放，桃树泛起了青紫色，枝头粉红色的花苞像是报春的使节微张着花唇，不远处的鄂尔多斯山也是泛着黛青色，地上的虫儿们也开始在沙间活动，这就是沙漠春天的景色。

　　小妹月儿折了一些待放的花枝用瓶子插起来，瓶里放了温水，她对乌兰达莱说："姐姐，你看，屋里比外面暖和，我在热炕上把水瓶先温一下，插上花，后天就可以开了，让娘娘看着花就高兴！"

　　"我们月儿真聪明，现在看着瓶里的花苞就让人心情舒畅。"

　　沙漠开始变得温柔起来，风也有些收敛，不再无休无止地刮了。园子里的杏树、桃树竟一夜之间开满了花，红的、白的、粉的，引来一群一群的蜜蜂。他们吃过饭便到园子里整地，引来泉水浇地，乌兰达莱种了一垄韭菜，还在小屋门前种了花，想象着夏天韭菜绿了，桃树结满了果子，心里甜滋滋的，杏花儿落下来时肩上、头上都是花瓣儿柔情的问候。

天气暖和了，娘娘被姑妈接去养病。姑妈是父亲的妹妹，是个很精神的老太太，她还懂些治病的土方法。娘娘走的这天，是哥哥套的马车接走的，娘娘舍不得姐弟仨不愿走，在姐弟仨的劝说下才答应走。乌兰达莱把被垫在车厢里，厚厚的，让娘娘躺上去，姑妈坐在旁边扶着、照顾着。娘娘再三叮嘱他们，炕要烧热，衣服穿暖些，天天好好吃饭，放羊早些回来，三个人不要打架斗嘴……等她病好了就回来。

乌兰达莱姐弟仨把娘娘送出去好远，都没有哭，看着不见马车的影子时，大眼瞪小眼，同时"哇"一声哭起来，哭声在沙漠里回荡着。他们望着满眼的黄沙茫然不知所措。一手拉着一个向小屋走去，他们的小狗小豹子跟在身后蹭这个又蹭那个。乌兰达莱拉着弟妹的手，感到肩上的担子很沉重，小小的一个她要撑起一片天来。

晚上，弟弟妹妹睡着了，乌兰达莱望着油灯，灯花开得很大，她转身看着娘娘常睡的炕，眼泪静静地流下来，以后娘娘不在的时候，没人给他们讲故事，也没人指教他们这件事怎么做、那件事怎么办。她不会记恨有一次她无缘无故地发脾气，一勺子打在她头上，当时她大声哭号着。

弟弟对娘娘吼："不是你生的你不疼，没儿女的人心狠。"

当时她见娘娘脸一下变得煞白，嘴唇也青了，她忙把弟弟的嘴捂上，对娘娘说："娘娘，我不疼，六岁时妈说让我给你当女儿，我是把你和我妈一样看待的，弟弟小，他说话你别介意。"

娘娘一把拉她过去，用手抚摸她的头，一句话没说，但乌兰达莱看到娘娘眼里的泪水。乌兰达莱年幼单纯的心灵能够理解娘娘的这种性格。她一辈子孤寂一人，除了修行，没有别的寄托，心灵上和肉体上她都是备尝痛苦的。

娘娘走了，小屋里只有乌兰达莱和弟弟、小妹，还有那一群羊，乌兰达莱感到自己应该以大人的肩膀承受这一切了。她抹去眼泪，拿过弟弟妹妹的衣服把刮破的地方缝起来，昏暗的灯光下她看着弟弟妹妹熟睡中的小脸，凄楚悲哀又一次泪涌双眼，一滴一滴落在弟弟的棉袄上。

乌兰达莱看着衣服上的泪滴，心里暗暗地对自己说："乌兰达莱，以后你要坚强，不能哭，人生既然赋予了你这些艰难，你必须勇敢地面对。"

她想起娘娘走的前一晚，她对娘娘说的话："娘娘，我不想就这样放弃学业，我想自己学，我已经回庄子把我的课本拿来了，我还向别人借了初一、初二的课本，初中我只上了半年，我想自己完成初中的课程。娘娘，你说我可以吗？"

"当然可以。孩子，你那么聪明、用功，只要坚持，就一定能学好。放假时你姐姐回来，难度大的题让她给你讲。"

在这个季节里羊儿们是最困难的时候，青草才抽芽儿，羊儿们啃着了青草的味儿便不愿再吃干草，草芽儿又小吃不饱，便见天地乏了下来，母羊便也严重地缺奶，小羊羔们因为吃不饱奶水也都没有了跳蹦的劲头，睡在圈旁晒着太阳，见乌兰达莱过来便围了上来，有的用小嘴啃着她的裤角，有的用小脑袋亲着她的小腿，她蹲下身去，抚摸着它们的头，它们便争抢着舔起她的手指来。这些小生灵，它们也认人，因为它们的妈妈一生下它们来，她和弟弟便照顾它们了。因此与她便格外亲昵。动物与人一样也是懂得感情的，好几天不见，回来见到她，它们便也纷纷围过来咩咩地叫着，头蹭着她的衣服表示问候。

乌兰达莱给羊羔儿们撒了草料，望着它们吃，心里甜滋滋的，然后向远处望去，沙漠和土丘都是一种黛青色，春天越来越浓了起来，空气也顿觉新鲜得更透明，她的心也开始轻快明朗起来。

傍晚，羊上圈了，尽管母羊们为了追逐青草而疲惫不堪，还是急急地寻找着自己的儿女，把积攒了一天的奶水喂给它们，多数羊对添给它们的干草宁肯饿着也不吃，毕竟干草与青草芽儿的滋味是没法比的。没奈何只好给它们添玉米和豆等精料，又怕争了抢了，便均匀地把料装进布袋里戴到它们的嘴上去，给没奶吃的羊羔儿们熬奶粉喂，整个晚上乌兰达莱都是忙碌的，小妹更显利落，小小的身影在羊群中晃动着，嘴里哼着姐姐教她的歌，宁儿抓来不认羊羔的母羊骑在它脖子上，指着羊鼻子说："你不认它就不要生它，哪有妈妈不认儿的理儿！"

宁儿还轻轻一巴掌打在羊脸上去。

"哥哥，你不要打它，你看它瘦得眼睛都没神，才不认羔的。"

姐弟仨便开始笑起来，收拾好料袋子走出圈来，天已黑得模糊起来。进屋后乌兰达莱在收拾洗锅洗碗，弟弟妹妹忙着一个扫地一个扫炕，扫干净他们便坐在炕上，拿出识字课本翻一会儿，两人便下起军棋来，每回总是弟弟占上风，小妹输了噘着嘴不肯再下，弟弟便哄她下次手下留情，两人又笑着下起来。乌兰达莱趴在煤油灯下看书、写字。眼睛疼时便看着他们的军棋战，或给他们讲故事。

宁儿忽然对她说："姐姐，明天等你回来我会有一个好东西送给你，明天回来就能看见了。"

第二天，早晨冷清清的，给小妹加了衣服，留下弟弟看家，乌兰达莱和月儿赶着羊群走进沙漠。她手里的书还没翻到一页，羊儿们便没影儿了，它们追着青草芽儿吃，有一点力气便没命地跑，往往得阻住前面的羊等后面走得慢的弱体质的，以防跑散跑丢。小妹总比乌兰达莱有劲，瘦瘦的小小的身影在沙丘上跳着、跑着，把跑散的羊儿们赶拢……

"姐姐，你说，人活着是为啥呢？"

忽然有一天小妹月儿这样问乌兰达莱，她不知道这么小的孩子会问这样的问题，以乌兰达莱的年龄，她不知道人活着是为什么。她望着凄清明朗起来的茫茫沙漠毫不虚伪地对妹妹说："月儿，我也不知道人活着是为啥。等我们长大了，或许会懂得活着是为啥。"

乌兰达莱不敢再看小妹的眼睛，她怕她再提一些问题，这会使她伤感，不是为自己，而是为幼小的弟弟妹妹，如他们这样过早地背上生活担子的孩子能有几个呢？既然是这样的命运，至少在目前，乌兰达莱姐弟仨没有能力改变，只能承受，不去想更多也许她不会太痛苦，她只想让岁月在他们无言的劳作中一分一秒地过去。

乌兰达莱拉着月儿裂着血缝的手，尽管已是春天，这些缝却仍张着不愿合上，她看自己的手和小妹一样，她对小妹说："月儿，回家姐姐给你抹点油润润，烤烤火可能会好得快些，我们的手上记载的是坎坷、苦难的日子。"

这些小妹是听不懂的，乌兰达莱的泪如泉水滴进一道道血缝，摸着脸，也是一道道的血缝，沙漠的风在春天里也还是像刀子一样，风刻在脸上的痕迹可能只有随着夏天的到来才能够消失，乌兰达莱的手开始疼起来，她心里对自己说："我的流泪不是我不坚强，而是我无处诉说，所以只有把全部的伤感用眼泪来宣泄。我若一顿或者是几天不吃饭，我绝不会流眼泪。母亲生下我就决定了我的倔强，默默承受的同时也有脆弱的一面，这些到我长大的时候也许都没有改变，我就是我，无以替代。"

晚上回家走进小屋的时候，屋里暖烘烘，锅里冒着热气，弟弟笑眯眯地望着他们说："姐，月儿，我不会擀面，给你们炒了菜，做了米饭！"

乌兰达莱说："我们宁儿长大了，屋里收拾得井井有条。"转脸望着宁儿，许久说不出话来。

"姐姐，我见你天天晚上趴在炕上看书、写字。找了一些木条和木棒用锯子锯开又用小刨子刨平，给你钉了个小桌子。你凑合着在上面写字、看书，比趴在炕上好一点。"

宁儿说这话，月儿又找来红色油光纸抹上糨糊贴上去，小桌便又增添了一份暖意，月儿忙把饭碗放上去，坐上去吃得津津有味，乌兰达莱却怎么也咽不下去。

外面夜黑得让人喘不过气，宁儿的小手枕在脖子下，乌兰达莱轻轻地把他的小手抽出来准备放进被子里时，发现他的手指用布条包着，傍晚回来粗心竟没有发现。她轻轻揭去包着的布条，已全被血染红贴在手指上，找来小剪刀才剪去，端过灯来看时，手指血肉模糊，一道很深的伤口已结了血痂，看得出是锯伤。

乌兰达莱倒了开水，找出酒精、云南白药和纱布。把宁儿的手放在膝盖上，用纱布蘸着温开水、酒精洗去血痂，轻轻地上了药，宁儿疼得哆嗦了一下并没有醒来，他太累了。乌兰达莱给他包上纱布，把小手放进被子，又检查了他另一只手见没伤着才放心地移开灯，坐在小桌子旁。

乌兰达莱伏在桌上，眼前一片模糊，泪不断地滴在桌子的红纸上。她抚摸着木条拼起来的小桌，四条腿是用木棒锯开后刨光，翻过后是木条和钉子的痕迹。她想着弟弟一天的忙碌，他是多么艰难地用尽全身力气去拉锯子以致气力不足而划破了手，又是怎样用锤子和钉子把木条钉起来而后用刨子刨平，他小脸滴着汗珠，头发也湿得往下滴汗水。干完这些他已筋疲力尽又想到姐姐妹妹饿着肚子，他让他们一进门能吃上饭，带着伤的手竟做好一顿饭。乌兰达莱感到心都碎了，弟弟过早地懂事使她流了半夜泪，然后她趴在桌上迷迷糊糊地睡着了。早晨起来才发现身上多了一件大衣，宁儿和月儿都争着忙着烧火做饭。

"姐姐，你又是一夜没睡吧，天亮我想叫醒你让你躺下睡一会儿，哥哥说一叫醒你见天亮你又要起来，他给你披了大衣让你多睡会儿。"

"姐姐，你今天脸色又很难看，本来身体就弱，你看我们家就你长不高，自己又不要命地看书，晚上老熬夜，时间长了会把人累垮，以后十二点一定要睡，你不听话，娘娘回来我告你状！"

宁儿说完这些，一脸的严肃，小大人样，乌兰达莱看到他的样子乐了，对他说："好，以后保证十二点以前睡，听小大人的话！"

乌兰达莱看着炕上的小桌，心潮起伏，这张小桌一直陪她度过了许多夜晚，一直到十七岁离开沙漠到北京读书。

"姐，爹又买了一群骆驼来，骆驼可高了，就是很瘦。"

一天黄昏的时候，月儿对乌兰达莱喊。她放下手中的书向湖底看去，黑压压的一群，有十几峰，她惊呆了，没有因为家里有了这一群骆驼而高兴，这些将给他们带来更沉重的负担。

余海走进小屋，对女儿说："闺女，你肯定怪爹吧！又买了骆驼来，你知道吗？你姐姐要读书，过几年哥哥又要娶媳妇，用钱的地方多，我把卖了一部分羊积攒的钱买了骆驼，骆驼抗旱，比羊好放些，骆驼效益也好。"

"爹，别说了，我知道，我们放好就行，你放心吧！"

乌兰达莱和月儿向湖底走去（这湖底其实是一片平滩，长着密密的细毛草，因为夏天下了雨便积着雨水像一片湖的样子，天不下雨便露出平滩了，所以乌兰达莱便叫它湖底了），她感到脚灌了铅似的，有一种无法言状的累和沉重感。

这些骆驼是从遥远的阿拉善右旗买来的，是父亲让十九岁的哥哥和一个姓蒋的一伙人一起去的，中途丢了一峰，哥哥托姓蒋的人先把他买的骆驼赶回来，自己去找丢了的骆驼。回来后父亲去牵属于余家的骆驼，姓蒋的竟把最弱小的给了余家，价钱却是最高的。乌兰达莱想到，他们定是用了偷梁换柱的伎俩，姓蒋的男人夜里偷偷割断了拴骆驼的绳子，然后假意劝哥哥去寻找，而自己回来把劣等的骆驼给了余海。

乌兰达莱把这些推断讲给哥哥听，哥哥说她分析得对，他长长地叹了口气说：

"妹妹，我当时想过，但哥找那峰丢了的骆驼心切，我没有想到他们那么心黑。一路上我总是多干活，让他们休息……"

乌兰达莱望着哥哥消瘦的面孔，心里一阵酸楚，从心里怪父亲心硬。她对哥哥说：

"哥，你别难过，你只有十几岁，俗话说，吃亏人常在世，那个姓蒋的他不会有好报，总之你人能平安回来就好。"

　　几年后，听人说姓蒋的得了胃癌，再过了半年他便死了，只有五十多岁。他死的时候对他的儿子说："我那群骆驼……"

　　乌兰达莱和月儿走到那群刚牵来的骆驼旁，它们一个个瘦骨嶙峋，睁着无神的眼睛，骆驼峰垂下来吊在背上。

　　以后，乌兰达莱姐弟便多了一副沉重的担子。每天看着它们，稍不留意它们会跑丢没办法找回来，早晨吃过饭，乌兰达莱和月儿赶着羊群走进沙漠，弟弟赶的骆驼跟在身后，这个时候它们便又唱又笑的，很快乐。

　　饥饿的骆驼看到白茨便啃起来，追青的羊儿们一会儿便没影了，他们跟着它们的身影在沙漠中若隐若现。乌兰达莱和月儿坐在沙丘上，给她扎好了小辫子，然后她翻开书看，月儿静静地望着她，中午的时候拿出带的干粮吃了，把骆驼和羊赶到水井边，由于吃干草加之骆驼肚子大，十几峰骆驼喝干了一口井还不够，便等着井出满了水再打。乌兰达莱累得腰都直不起来，脸涨得通红，每天饮骆驼至少得打一百多桶水，一桶水的重量少说也有二十斤左右，整个下午手又酸又疼。太阳落山的时候羊上了圈，骆驼也圈了起来，宁儿和月儿喂料，乌兰达莱做饭，吃过饭乌兰达莱坐在小桌上看书，宁儿和月儿看看识字课本一会儿就睡着了，他们一天就这样过去，第二天日子还是照旧。

　　乌兰达莱生活的鄂尔多斯台地位于宁夏和内蒙古鄂尔多斯草原的交接处，月亮湖位于鄂尔多斯台地中部，也是鄂尔多斯台地的中心，当初乌兰达莱的爷爷选中这块"漠中湖"来开发、建园子、耕田、建牧场，都是明智之举。

　　相传很久很久以前，鄂尔多斯台地和银川平原都是一片汪洋大海，海里有许多苦苦修炼的精灵。其中有一条善良的黄龙，它和别的精灵不同，别的精灵只为自己得道或成仙而努力，而黄龙则不同，它常化作一位老者去有人的地方游历，为百姓治病和帮人们解决困难。后来不知道经过多少年，地壳发生了变化，海水渐渐干涸，别的"得道精灵"都相继去寻找自己的"极乐世界"，而黄龙它不愿意离开养育过它的地方，便化作了现在鄂尔多斯台地的山脉和黄土山峦。

娘娘给乌兰达莱讲过四十多年前月亮湖的形状。那时只有向南一道红土梁，两边分东西两眼泉。那时泉水终日流淌不止，由于水流的冲击，下面的沙漠便形成了一个很大的水潭。夏天清亮的泉水下来，两边沙漠的吸水量特别大，加之太阳的蒸发，水潭里的水总是流不出沙海。冬天便冻结成像镜子一样的冰水潭。流下来的水在冰里循环，水渐渐从冰边溢出、渗进沙漠。

一年夏天，一群蒙古人来到泉边，他们看到沙漠中竟然有泉水，认为是神的恩赐，便高兴地在泉边烧开水，熬奶茶，用泉水饮马，临走时还特意给他们那里的喇嘛带了一壶清亮的泉水。喇嘛用这壶水熬了一壶奶茶，请来德高望重的喇嘛们饮用，大家赞不绝口，称之为"圣水"。

第二年，喇嘛们召集了一批牧民，备了全羊（内蒙古用来敬神用的宰杀后内脏和全身都保有齐全的羊），专程从鄂尔多斯草原赶来祭神。

一位德高望重的喇嘛把这里比喻成"龙"的化身，他说两眼泉是龙的眼睛，下游泉水汇合处那个圆形的黄土堆是龙的鼻子，把两泉之上的红土梁比作龙身。随后他们便在红土梁的顶端修了一座

"敖包"，把他们敬仰的一位神灵"达拉木"爷爷的神牌位请来安放在敖包里，意在祈求这位神保护这块"风水宝地"。以后他们每年都要来这里念"喇嘛经"并用"全羊"祭神。爷爷在东泉下面修了树园子，并给这里起名叫月亮湖，以后的许多年里，"敖包"几次坍塌，都是爷爷和娘娘修好、供奉。

夏天，湖边像牛毛一样绿绿的小草，五六月开着黄色、紫色的小花，十分好看，乌兰达莱管他们叫"牛毛毡毡"，因为把它连土挖成块，可以盖房子、砌羊圈，十分结实。

龙鼻子四周已被内蒙古管理站栽上了沙柳和白杨，管理站已经建了有十来年了，工人、厂长换了好几次，他们的房子盖在敖包下面的半坡上，以前的龙鼻梁已修成了好几十亩地，渠道旁的树已长成好几丈高，地里育了一茬一茬的树苗，每年夏天都是一片绿。地块是一层高一层的梯形。

南泉也被管理站修成了水库，和乌兰达莱家园子上方的东水库形成对映，水库旁是一个四十亩大的树园子，十几亩地的苹果树已经结果，八九月红脆的苹果缀满枝头像小孩红红的脸蛋，树叶在轻柔的风中像小孩调皮地眨着眼睛。水库里还放了鱼苗。早晨站在水库边便可以看到在水面游动吸收空气的鱼。草丛里不时传出鱼儿们啄水草的声音和野鸭飞出草丛的扑棱声和欢叫声。

关于南泉水渐渐小的缘故，爷爷传下来一个具有神奇色彩的传说：许多年前，泉水很旺，一次，一群土匪谋财害命，把一个商人拖到泉水边杀死扔进了水潭，抢走了他的财物，当时有人看见从泉眼里钻出一条很大的蟒直向东去了，此后水渐渐地小了，爷爷说是坏人杀了人，血冲了龙眼，那条蟒便是龙的化身，它不愿看见恶人，于是便离开南泉寻找更好的地方，现在很小的泉水只是它滴下的一滴眼泪……

乌兰达莱站在月亮湖向东望，便能看见东面有个很高的大沙梁，它就是父亲说的鄂尔多斯山的最高点了，宁儿叫它"尖山梁"。宁儿说是他放羊常去的地方，乌兰达莱和弟弟赶着羊群，从月亮湖出发，羊一边吃草一边前行，五里多沙路到了，尖山梁下面还有一个小水泉。

乌兰达莱看着沙漠中的小水泉出神，泉水是从一个沙湾里流出，三面都是黄沙，泉水顺着沙一直向下流去，泉眼在东面大沙坡下面，东、南、北都是很高的沙坡，只有靠西的沙坡很低，由泉眼往下呈一个 15 度的斜坡形，越往下越低。

小水泉的下面是一个很大的长满沙蒿、白苦豆子、旱芦苇的大坑，大坑周围是沙丘，可惜泉水太小，流不到坑里。

夏天，天气很热，但小泉水却不干，细细的流水总是流着，流不远便渗进了沙子里，乌兰达莱对弟弟说："宁儿，这个小泉可能就是那条龙变的蟒来到这里，它见不得恶人，怕有坏人骚扰和看到恶的东西，便把自己留在沙漠里……"

乌兰达莱把羊赶到小水泉边，在离泉眼两半远处挖了一个不大的沙坑，四周用草和沙蒿围住，以防渗进沙漠过快，等水蓄满后，便把羊赶到泉水坑边让它们喝水，这时姐弟俩坐泉边，望着一边流进坑里的泉水和一边喝水的牛羊，沉浸在美好的遐想之中，仿佛丝丝细流流进心田。

牛羊喝饱了水，便到泉下面的大沙草坑吃草，刚喝过水，它们是不会跑的，乌兰达莱和弟弟便在泉眼跟前最干净的地方用手刨一

个小坑，等水澄清后，用小缸子装进随身带的水壶里。再拾来干沙蒿和干柠条点着火，用一个小三脚架支起水壶点着火，不一会儿火焰添满壶底，开水熬好后，拿出馒头喝着甘甜的泉水吃起来，有时候带着小妹妹来，乌兰达莱便悄悄带上两个鸡蛋，中午时在泉水边煮给她吃，小妹便笑得像花朵。有时，宁儿还装上一荷包玉米，等烧过水后，把玉米倒在热沙火灰上，玉米便在火沙灰里爆开来，一粒粒沙爆的玉米花便形成了，真是别有一番乐趣，孤寂的沙漠生活，有一丁儿的快乐便占满了姐弟三人的心。

一到中午就难受了，牛羊热得趴在沙坑不起来。人热得更难受，脚踩了像火炉，羊又这个沙丘一伙，那个沙丘一伙，很难收拢，每到这个时候，为了把羊收拢，再渴也顾上喝水。沙漠啊！给人毕竟是苦的多，艰难更多，乌兰达莱只能用自己的心来切实地感受这些人之初的沧桑岁月。

下午天凉一些的时候羊儿们安静下来吃草，她站在圆圆的沙丘上望着不远处月亮湖翠绿的树木，不由得想起娘娘给她讲过："这个很像坟似的沙丘，相传在一百多年前，月亮湖只有东面一个小泉眼，四周连一棵树也没有，只有小泉像一个少女流不完的泪似的淌着，后来不知多了多少年，小泉的水大了起来，西南又出了一个小泉。

当年乌兰达莱脚下的沙丘是个大沙坑，坑里长着一棵很老的榆树，五六个人都围不过来，没有人知道它有多少年，现在有的老人说见过那古榆，说不论天怎么旱，它的叶子总是那么翠绿。

相传有一个蒙古老人迷了路，他远远地看见了古榆，就向他走去，此时正是太阳落山的时候，当他离古榆不远的时候，忽然看见树杈间坐着一个老太太正在编花帽，可是一转眼老太太不见了，只有古榆发出哗哗的响声，他怀疑自己看花了眼，就径直到树下，吃了点干粮，就铺上衣服睡在树下。夜里，他梦见自己坐在一个非常漂亮的绿色房子里喝茶，一个老太太领着一个媳妇和一个小姑娘给他端茶送饭，欢迎远方的客人。

第二天早上，他从梦中醒来，想着夜里那个奇异的梦，就动身找回家的路，走了不远，一转身，见树杈间坐着一个穿红衣的小姑娘在玩一条绿色的带子，可是一转眼又不见了，他很奇怪地想，是不是古榆成了神，于是他躲起来想看个究竟。

正午时，老人看见一个穿绿衣的媳妇坐在树杈间绣花，可是一会儿又不见了，他一直等到太阳快落山，又看见那个昨天穿青衣的老太太坐在树杈间织帽子，一会儿又不见了。老人把她看到的对村里人说，大家都说他看到的是树神。小姑娘是古榆的少年，年轻媳妇是它的中年，老太太是它的老年。

又不知过了多久，那棵大榆树还是郁郁葱葱长得茂盛。

一天，树下来了一个很穷的老人，他是因为儿女不孝，伤心才跑出来的，看到古榆和沙漠，他心痛欲裂，便解下腰带吊死在古榆上，尸体在树上挂了好几天，惨不忍睹。

一天夜里，忽然狂风大作，第二天早晨，古榆树和尸体就被风沙掩埋了，成了现在的沙丘坟。老人们说，那是树神同情可怜老人，叹惜没有能力救他，于是就牺牲自己引来风沙把自己和老人一起掩埋了。

现在，娘娘一直管这里叫老榆树坑，乌兰达莱想也许将来还能长出一棵幼小的榆树吧！乌兰达莱久久地立在沙丘望着茫茫的沙

海，他的怀抱里也是不平静的，埋藏着死亡与哀怨，过去的已经过去，愿今后的沙漠不再有死亡而有绿色的生命。

鄂尔多斯山丘里的沙蒿丛里，野兔儿很多，它常用小爪儿刨着野草的根啃着，渴时便到水坑边喝水，食饱喝足，便蹲在坑边拉屎拉尿。它竖着两个大耳朵向四周张望着，如见人来的时候，一眨红红的眼睛，一撅尾巴，一溜烟便钻进沙蒿丛里去了。

沙蒿丛里也有蛇，有一回，乌兰达莱赶着牛到泉水边饮水，在泉边的碱刺儿上看到有大拇指粗、一米多的白底背上清白花纹的长蛇，吐着红色的长长的信子。她不由得想起了柳宗元的《捕蛇者说》和寓言《农夫和蛇》里的故事，便毛骨悚然。

宁儿用一根长棍把盘在碱刺儿上的长蛇挑下来，往密的草丛里一放便不见了。宁儿说娘娘说过蛇是草上飞，真不知道这没有腿的东西是怎样在草上飞的，乌兰达莱想看看这草上的表演，可惜没有来得及便不见了。

一次，乌兰达莱无意间看到干枯的沙蒿上长着些灰黑色的像商店里卖的木耳状的东西。宁儿说这些是沙蒿木耳，用水泡开炒菜很好吃。真没想到沙蒿上竟能生出木耳。

宁儿说："姐，只有老的、干枯的呈黑色青色的沙蒿上才有木耳。"乌兰达莱出于好奇，捏着塑料袋，掰弄着枯沙蒿，把长在下面的像小梅花状的沙蒿木耳掰下来，一上午居然找了一塑料袋，有一公斤的样子，回到家，她把木耳用热水泡上一会儿，小小的木耳便像开花似的长大了。附在上面的沙粒儿也清晰地显露出来，宁儿用手指轻巧地洗掉沙粒，乌兰达莱便把它炒熟，真有意思，吃起来的味道比买的木耳香多了，姐弟两个高兴得像过节，觉得它的味儿比肉还香。

乌兰达莱对弟妹说："宁儿、月儿，我们放羊时找一些木耳，晒干，用布袋子装上透气，冬天有肉时拿回家给爹妈炒肉吃，再留一些娘娘回来吃。"

一次下过雨后，他们居然在沙丘旁的羊粪滩上，发现了一株株蘑菇，和乌珠姑妈从鄂尔多斯草原托人带来的蘑菇一模一样。乌兰达莱听娘娘讲过，这种蘑菇是羊粪经过多年雨水发酵而生出来的。长出的蘑菇呈小伞状的，表面为灰白色，底面为黑色，素而不污。乌兰达莱想起了周敦颐的《爱莲说》里赞美莲花的名句"出淤泥而不染，濯清涟而不妖"。这蘑菇不正是"出粪土而不污，立沙间而不俗"吗？雨多的时候，过羊的地方，就有蘑菇，当年爷爷把它当作美味品尝，爷爷说羊粪滩上的羊粪蘑菇比买的人工蘑菇强几百倍；乌兰达莱和弟弟妹妹把采来的蘑菇晒干，对他们说："宁儿、月儿，冬天坐在火炉旁，炖上一锅蘑菇汤，那是多么别有一番风味和乐趣啊！"

第四章

四月初，娘娘身体好转，回到了月亮湖，哥哥和父亲拉上了土坯，准备盖两间新房，父亲说等夏麦收结束就请人来盖房。

谷雨前后，种瓜点豆，乌兰达莱整理好小屋旁边的沙地，对娘娘说："娘娘，你看那块地，靠北的沙树墙刚好为它挡了风沙，我把它修成了五块，靠沙树墙的一大块种西瓜、哈密瓜，边上种一排南瓜，让南瓜秧爬上沙树墙，前面靠南有四块，一块种辣椒，一块种豆角，一块种茄子，一块种西红柿，边上种黄瓜，四周点上葵花，弄成一个小菜园，这个小菜园引水也好引，浇地也方便。"

早晨，弟弟和妹妹去放羊，乌兰达莱饮好骆驼，把它们送上鄂尔多斯山吃草，她用小牛车拉了羊粪，撒在沙地上，然后用铁锹把羊粪翻进沙土里。

沙地里，修了一条小渠通向小泉，把泉水引来浇上水，等水干后过几天又翻一遍，娘娘拄着拐杖教她如何翻地，等土壤到能下种子的程度，乌兰达莱便开始准备好辣椒种、西红柿、南瓜、黄瓜籽等，娘娘提醒她说："孩子，这沙地和庄子上的黄土不同，一定要掌握好沙地的土壤湿度，否则种下的种子发不了芽……沙土抓在手里有湿润的感觉就可以下种子啦。"

乌兰达莱用锄把一垄一垄的垄沟打好间距，留好，等垄沟锄好，把种子均匀地撒进垄里，然后用双脚把沙土拢进垄里，种瓜她用了简单省力的方式，先把地整好，然后用小铲子把沙丘铲开一条缝，把瓜籽放进去，再用铲轻轻拍平，这种方法要掌握好深浅，浅了会干得出不来，娘娘检查了一下，说她掌握得很好，乌兰达莱高兴得眉开眼笑，对娘娘说："娘娘，看来我当个农民还是蛮合格的嘛！"

"方法都学得快，还会自己创新，想办法。但你身体弱，大的力气活你还是干不动，我看，你这孩子，不该是吃放羊、种地这碗饭的人，太可惜了。你好好学习，坚持下去，娘娘相信你一定会成功。我记得你把我讲的故事写成作文，我叫你念过，听起来蛮顺耳的。"

"娘娘，我现在多读书、学习，明年，我也写个书，怎么样？"

"要先写写短的，不能一开始就想写书，这不对，就像我们念经一样，从头念起，写东西也是这个道理，不能小沙弥没当就想当住持，对吧？"

"那，我就从散文诗写起吧！"

"什么是散文诗？"

"就是文章的一种体裁，短的。"

"噢，好，写好了能在报纸上登就好啦。"

"那怕是很难吧！"

"很难也要努力试试，不能怕难就灰心，做什么事都不能怕难就不做。就像你现在在园子里种菜，你不会因为怕风沙吹进园子掩埋就不种菜，而是想办法治住风沙。"

娘娘的话深深地印进了乌兰达莱的心里，她望着远处的鄂尔多斯山脉，心中涌进一股力量，她相信，这股力量一定会是她努力的动力。

她天天盼着菜园里的种子发芽，等看到他们破土而出的幼芽时，她感受到了生命的力量，她精心为它们除草、浇水，看着他们一天天成长的状态。等它们长到快一尺高时，娘娘对她说："闺女，现在该是给它们施第二次肥的时候了，再晚了就过了最佳时期。"

"娘娘，是不是让我哥在庄子上带化肥来，还是上羊粪？"

"工业的化肥上上去看着长得好，瓜果蔬菜就不好吃了，还是咱们的土办法最好，羊粪不能再施了，会烧死它们，羊粪太热。我们现在给它施苦豆子，你看见山坡上那些苦豆子没，去把它们拔来，趁早晨天凉，我教你……"

乌兰达莱拿起绳子，到不远处的山坡上拔了一捆苦豆子背回园子里来，娘娘坐在一个毡垫子上，用铲子在离苗几寸的地方挖开一个小坑，把苦豆子团放进坑里，再压上沙土。她一边压一边对她说：

"你看这苦豆子，淡绿色的叶子，到夏天它结了果，就叫苦豆子，在中药里是一味清凉的药，我们春种时施的羊粪是热的，现在再用这苦豆子压进去沤成肥，这两者一中和，菜苗、瓜苗就欢实起来了，到夏天，黑绿黑绿的，等果实成熟，又香又甜，那种味道，庄子的黄土地里是绝对长不出来的。"

"哎呀，种菜有这么多学问，看来这当农民也得多学点知识才行。"

"那是当然，睁眼瞎肯定是不行的，识文断字当农民也是个先进的农民。"

"娘娘，你记忆力真好，我天天听您念那么长的经文，你又不识字，当初都是靠记性记住的吧？"

"是啊，娘娘十九岁就出家当了尼姑，我们小时候，女儿是上不了私塾的，只有你爹，你爷爷专门给他请了私塾先生，教他读书，还叫他学中医，你爹还是个郎中呢。你们小时候生病，尤其是你，消化不好，常肚子疼，你爹就给你揉肚子，还用艾灸灸肚脐眼儿。娘娘都是靠听师父们念经，一字一句记下来的，早课、晚课、金刚经、大悲咒、药师经……全部是靠记背下来的，你爷爷说做人做事都要认真、勤奋，出家人更是要吃得了苦，注重修行……"

"娘娘，从我记事起，无论多么忙，哪怕是生病，我从来没见您停止过念经，每天的早课、晚课，我给您拿木鱼，也成了我的功课。这些我记得可清了。二年级时，学校让买个字典两块钱，我当时没钱，不敢向我爹要，偷偷哭，还是您卖了羊毛，给了我两块钱让我买字典，还给我买了红头绳。我当时就下决心，一定好好学习，还说把娘娘您当母亲呢。"

"这闺女，良心好，还记着呢。三年级时你参加全县作文比赛得了一等奖，还拿奖金给娘娘买了一袋奶粉。记得你五岁时，我对你爹说把你送给我当孩子，你爹妈舍不得，你还对我说：'娘娘，我爹妈送不送我给您当孩子都没关系，我就当您是我母亲，长大了会好好孝敬您的。'"

"娘娘，您从小就对我讲二十四贤孝的故事，其中有一个鹦哥的故事我记得特别牢，有一只小鹦哥和它母亲生活在山里，它的母

亲病了，山神告诉它要经过千山万水寻来灵芝草才能治好，但途中它被猎人的网网住，等它脱险找回灵芝时，它的母亲在窝里病死了，鹦哥看到羽毛乱纷纷的母亲，伤心欲绝，在母亲身旁守孝三年，他的孝心感动了菩萨，便迎它到西方极乐世界，封为神鸟。您说，连鸟儿都有这份孝心，我们人不是更应该有孝心吗？"

"这孩子，悟性真好，总是能从故事中悟出道理来，还理解得透彻，可惜了，娃娃，你没能再念书……"

"娘娘，我不后悔，人活着，总是要有所担当。小学时我把我爹的藏书都读遍了，特别是历史，三皇五帝、秦皇汉武、成吉思汗、明清史……我从读书中体会到了很多道理，那些帝王将相不是都从艰难险阻里、历经沧桑才建功立业的吗？我们这些普通人也是如此，这样的人生将来对我也许是一份财富呢。"

娘娘摸着乌兰达莱的头，嘴里念道："阿弥陀佛，保佑这个娃娃吧！"

乌兰达莱透过老榆树的缝隙向天上望去，天空是那么蓝，那么高远，她看见一只苍鹰在天空自由翱翔，心里想：我若是只雄鹰就好了，自由自在的飞得多高啊……

西瓜的秧长出一尺时，乌兰达莱拔来苦豆子，在娘娘的指导下，一边把瓜秧茎部埋入沙土里，根旁边又压一把苦豆子，娘娘说，沙地太干燥，瓜秧若露在外面，就长荒了。把瓜秧茎部埋进沙地里，叶子露在外面，茎部下面在沙地里还能生根芽，吸收水分，要开花的花茎会从沙里钻出来，结出的西瓜就长得壮实了，哈密瓜秧要打杈，发的秧苗壮大。西红柿长到一尺多高时，乌兰达莱和弟弟砍来树枝，搭起秧架，用旧衣服撕成条，把秧主秆捆在架子上，西红柿秧便顺着架子向上长了……她按时给它们浇水，修枝剪叶，看着一天天长大、开花、结果的蔬菜瓜果，心里有说不出的高兴。

这天，哥哥赶着马车来给他们送米面，还带来一瓶点灯的煤油，对乌兰达莱说："妹妹，我看你一直点着柴油灯看书，柴油油烟大，看你的头发，烧得一圈一圈的。"

"姐姐的头发被柴油灯烧得像羊羔羔毛，一卷一卷的。"月儿在旁边说，"煤油是专门点灯用的，油烟会小一些，这是哥专门给你买的，够用一个月了。"

"哥，谢谢你。"

乌兰达莱抱着煤油瓶，像抱着个宝一样，半天没有离手，在一旁看着的老娘娘用手擦着眼睛，转过身怕达莱看到她的眼睛。

晚上，乌兰达莱就着煤油灯看书，往常的柴油灯烟很大，熏得眼睛疼，今晚的灯光柔和而美丽，她感到了读书的温馨。

很快，夏天到了，树上的桃儿、杏儿成熟了。田里、蔬菜瓜果园里的香也溢了出来。尤其是哈密瓜的香味一直飘到小屋里来，沁入人的心肺。乌兰达莱对娘娘说："娘娘，今天我给您炸油饼，油饼泡西瓜，您最爱吃的，我们那个最大的西瓜成熟了，我弹过了，是熟的声音。"

"好，我们今天中午就吃西瓜泡油饼。"

乌兰达莱把发好的面揉好，放好碱面，等酿好时，在锅里倒了胡麻油，开始炸油饼。

中午的时候，金黄的油饼炸好了，弟弟妹妹也把羊盘好回到小屋，乌兰达莱给牛和骆驼饮好水，放到湖底的沙树下乘凉，她和宁儿、月儿到瓜地里，欢天喜地地抱回了大西瓜，在大西瓜的顶上开了盖，红瓤的西瓜呈现在娘娘面前，乌兰达莱拿来勺，把瓜瓤舀出来放在碗里，端给娘娘、弟弟妹妹，一家人把碗里的瓜瓤捣出水，再把油饼泡进去，香甜可口，月儿吃得嘴角上挂着红瓤，乌兰达莱看着，心里乐开了花。

"娃娃们，我们这沙地的瓜，甜香是别的瓜无法比的，过几天你哥来，给庄子上的家里也带几个回去，让他们尝尝。"

"娘娘想得周到，从来都是有好东西大家分享。"

"俗话说，'一人动口，十人口酸'，意思就是一个人吃东西，十个人看见了流口水。人不能吃独食，吃独食就是贪心、贪嘴。"

"大家一齐吃才香嘛，娘娘吃个罐头都是给我们一人一口，是教我们互相爱护，有福同享。"

转眼到了秋天，母亲亲自到月亮湖来给盖房子的人做饭，娘娘和哥哥请了帮忙的人，乌兰达莱和哥哥商量一共盖两间房，一间大的作为主要的房子，旁边盖一间小房，夏天做饭用，因为春天就备好了料，娘娘说土坯已干，盖起来只上外面的泥干得快，十月份天凉时就可以搬进去。

半个月的工夫，房子盖起来了，大间的屋里一半打了土炕，哥哥说忙完来打锅灶，乌兰达莱等不及，自己搬来土坯，在炕洞旁边打起来，她照着过去小屋里的灶垒起来，把旧铁锅架上去，垒出灶的形状，还对娘娘说："娘娘，您看，过去的灶砌得太深，费柴火，我打的是'节能灶'，您看我把灶炕和炕洞垫高，保持平行线，柴火起来刚好火苗在锅底上，锅底受热均匀，就是说在受热点上，既省柴火，炕也热得快，两个灶连着，前面的灶烧火做饭，后面的灶过火水也热了，等热传到炕上，炕也就刚好温度合适。如果直接烧炕，炕洞这边火旺，根本热得睡不成人。"

"这闺女就是聪明，你看十几岁的人，像个大人，打得这灶有模有样的，娘娘还有两个新柜子，到时搬到这里来，原来小屋子放不下，一直摆在庄子的老屋里。"

"大柜子搬来，您的佛像就供在柜子上，许多东西都可以放柜子里，这屋地大，有了柜子就不显得空了。"

乌兰达莱看着剩下的半袋水泥，灵机一动有了主意，她筛好沙子，和水泥搅匀，然后用水和好，先在灶台面上抹了一层，还对娘娘说："这灶台抹一层水泥，就好用了，擦洗都方便，再给它抹点油，黑亮黑亮的……"

她又在屋里的墙上用水泥抹了一块板，娘娘不知道用来干什么，说："这娃娃，在墙上抹块水泥板干什么？"

"这是黑板，我用墨水涂几遍，就可以当黑板用了，给宁儿、月儿教识字。"

娘娘笑了，说这丫头点子真多，净想出些别人想不出的新奇主意来。乌兰达莱对弟弟妹妹说："余宁、余月，我乌兰达莱以后就是你们的老师，过几天老师会发书和本子给你们，你们愿不愿意上月亮湖小学？"

"我们当然愿意学啦，乌兰达莱老师。"

几天后乌兰达莱特意到县里给弟妹买了课本，每天开始教他们识字，宁儿、月儿认真地从 a o e 学起。

十月，新房收拾妥当，乌兰达莱他们搬进了新房子，他们用白纸把木格子的窗户糊起来，白色的墙壁上贴了画，一应用具摆放整齐，晚上羊上了圈，吃过晚饭后，娘娘在一旁的小炕上诵经，乌兰达莱用她的小黑板给弟弟妹妹们上课，等他们入睡后，她又在灯笼下学习功课，直至夜深。

冬天，东边小泉的水比夏天大，一边流一边结冰，到腊月，冰结得一直通到坡下，有二十多米，远远看去，像一面镜子挂在沙丘上。

宁儿用木板做了一个冰车，背到小泉边压在沙蒿下面，把牛找齐，羊吃草的时候，便和小妹妹把冰车放在冰泉上，顺着坡一直滑下去，一点也不费力，滑起来真有意思，乌兰达莱在旁边给他们喝彩加油，有时候也和他们一起滑，三个人乐得手舞足蹈。

一次宁儿滑得正高兴，顺着坡滑得高兴，没想到冰下面的沙子被泉水冲了个坑，积满了水，滑冰时没注意，用力太大，咕咚一声，冰裂了，把宁儿连冰车一起掉进水坑里，乌兰达莱连忙把他拉上来，他像个落汤鸡似的，棉袄、棉裤和鞋、袜子一下就冻成了冰棒，嘴唇立刻紫青。乌兰达莱忙用自己的外衣包了弟弟，点着火，用火给他烤棉衣，不一会儿棉衣冒着热气，弟弟的头上也冒着热气，脸蛋红扑扑的，小妹妹看见他身上穿得红棉袄，直乐。

如果是刮风，在小泉边，那种滋味乌兰达莱一辈子都忘不了。一次她和弟弟把羊赶到泉子底下的沙坑里吃草，他们点着火，在火堆旁看书。天气说变就变，刚才还红日高照，一会儿，西边黑昏昏的狂风便刮了起来。不大工夫便遮得太阳看不见了。他们没办法便把羊收拢在泉边蹲着，等狂风过后再走。没想到，沙丘上的沙子被风一吹，像一个个飞兽在风里嚎叫，像是要吞掉他们的小泉。打得人根本睁不开眼，真像要把人和羊活埋似的，姐弟俩抱着羊脖子，头都抬不起来。好不容易，狂风过后，人头上、身上、嘴里、鼻子里全是沙子，而小泉水依然流着。沙丘恢复了平静，像什么也没有发生过似的。

晚上回到家向娘娘讲起，娘娘说："娃娃们，以后遇到刮风，千万不能待在沙丘下，沙丘会移动，多危险哪，要找有柠条、沙蒿多的地方，有植物可以挡沙子……"

鄂尔多斯台地及月亮湖靠东北南都是望不到尽头的沙漠和白茨疙瘩。鄂尔多斯台地沙漠里的沙漠芦草，雨旺的时节沙坡上、沙坑里长得很茂盛，有的能长到和人一样高，割下晒干，冬天便是牛羊可口的草。

春天的时候，它悄悄地从沙海间钻出来，如果赤足行走，踩着它的时候，它会毫不留情地将人脚刺得一针见血，乌兰达莱曾拔起过一棵幼芽，尖利的柴针，它有保护自己的能力，不容践踏与辱没，直到抽出嫩绿的幼叶。

沙芦苇的抗旱力惊人，好长时间天上不下一滴雨，它的叶已被阳光烤成了黄绿色，但它还是顽强地挺着茎干立在沙丘上，生长着。

白茨疙瘩上长着茂盛的白茎干绿叶的白茨，白茨根部的沙丘里，每年三四月间，红红的锁阳头便从沙间钻出来，十分惹人，娘娘叫它"黄格朗"，青紫的皮，白的瓤，吃起来很甜。晒干是很好的药材，有的锁阳一直插到沙很深的地方，挖出后，红色的锁阳头长长的圆形的身躯，它是沙漠里的宝，乌兰达莱在沙漠草原里生活，她对沙漠里的一草一木都产生了深深的感情。

滴水成冰的腊月过后，迎来了新的一年，要过年了，乌兰达莱让弟弟妹妹回庄子上过年，他们都不愿回去。年三十上午，宁儿用细铁丝和彩纸、红纸，为防风外面又罩了一层薄的塑料纸的两个灯笼，端详了好久又找来一些花纸，剪下上面的《哪吒闹海》的小人儿贴上去，两个灯笼便做成了。

乌兰达莱炸了油饼，给娘娘洗面精，她第一次洗面精，把和好的面放在冷水里搓洗，水热是洗不出来的。洗了许多次去淀粉，只有面的那种也扯不断的精骨子，这定是叫面精的由来了。月儿跑来跑去地帮她忙，两人配合默契，娘娘仿佛精神好多了，靠在被褥上钉他们妈让哥哥送来的过年的新衣服扣子。一边念叨："又过年了，你们又长大了一岁，娘娘老了是熟透的瓜，不顶用了，钉个扣子都得娃娃穿针线。"

乌兰达莱接过针线给娘娘穿针线时娘娘又对她说：

"闺女，对联还没写呢。过年是喜事，今年又搬了新房子，一定要写对联，听你们老师说你会写毛笔字，还写得不错的。"

"您什么时候听说的？"

"你上初一那一年，我专门去学校看老师，问你的念书情况呢。"

"怎么您和老师没告诉我？"

"是我让老师不要说的。"

乌兰达莱又一次感动于娘娘对她的关心，她想着写对联的事，可是没有毛笔和墨汁，用什么写呢？她忽然想起娘娘上次让她给染衣服的朱青来。便找出一袋用小碗调好，剪好了红纸，可是又开始犯愁了。宁儿说：

"别急，我有办法了。"

月儿说："我去找点东西来，捆在棍子上就能当笔了。"

"不用找毛，老山羊的胡子就行……"宁儿这样说，大家都笑起来。

剪下老山羊的胡子可是件残忍的事儿。它叫着、挣扎着，月儿抓住它的角对它说："老山羊，你别生气，不哭，过年了，给你修修胡子。看看我们贴上对联你就高兴了。"

老山羊的胡子被剪下来，看上去怪怪的。它像又气愤又无可奈何地叫了几声便去吃草了。

宁儿把老山羊的胡子顺着细棍子用细线扎在红纸上写了"吉庆有余""岁岁平安"，还写了几副自己想出来的对联。

月儿说："姐，给羊也写个对联吧，羊也该过年！"

乌兰达莱想了想，写了"牛羊成群""膘肥体壮"。写完感觉良好，宁儿和月儿便高兴地去羊圈门上贴了。

晚上，辞旧迎新，乌兰达莱带着弟弟妹妹挂上了灯笼，圈好了羊，便围坐在炕上吃年夜饭，豆腐、面精、酸菜、土豆做的斋菜。娘娘给他们夹着菜，他们的小狗豹子在门外也吃着年夜饭，不时叫两声。他们欢快地笑着，小屋里温暖得使他们忘了更多的不幸与艰难。

吃过饭，娘娘说："该换新衣服了，魂儿该出去游逛了，穿了新衣服，娃娃们又长了一岁。"

乌兰达莱不懂什么魂不魂的，过年就该给弟弟妹妹换新衣服，她上次把父亲给的过年买新衣服的钱拿去买了《三国演义》《红楼梦》，还挨了父亲一顿训，便也没有钱买衣服，倒是妈心疼她，给她亲手做了一身棉衣，穿上感到暖融融的，便不由得想起妈来，妈贤淑，心地善良。六兄妹完全可以说是吸着妈的血汗渐渐长到懂事。

弟弟妹妹换了新衣服，他们围着娘娘，嗑着瓜子。娘娘给他们讲起小时候过年的事。

"我像达莱这么大的时候，是一九三三年，那时候正是兵荒马乱的年月，我们住在黄河边，你爷爷很会理家，总是有条有理，就是有一点，吃穿过于节俭，爷爷信佛，对乡亲们很慈善，遇到了灾难总是把钱拿出来救济别人，那时候过年，富一点的人家也最多能吃几顿扁食（方言，饺子），炸几盒油饼。穿新衣服也只有过年的时候，那时的布很贵，也不好买，只有白洋布稍好买一些，你奶奶用草灰将白洋布染了给我们做新衣服穿，我只有一件短棉袄，也只有在过年的时候才穿一次。我和你爹、小姑妈老盼着过年，只有过年才可以吃几顿好的，穿几天新衣服。哎，你们人小还不懂得岁月的煎熬……"

年初二，乌兰达莱和宁儿到离月亮湖五公里外的"卡克突"给牛饮水，从月亮湖以东的尖山梁出发走五公里的斜坡沙漠路，便到了"卡克突"。它远看是个长满沙蒿、突起的沙丘上长着柠条的野草坑，东西的沙漠高，而南北的沙漠却很低，从北看，像沙漠间夹的一道草梁。"卡克突"的名字便是由此而来。

这个"卡克突"有十五六亩地大小，有好几个水坑，不知为什么，旁边全是长满沙蒿柠条的沙丘，而水坑的水常年不干，它既不是人挖出的水，也不是雨水积成的，而是天然的水坑，夏天水坑边长着些小草，我们叫它们小槟草，这种小草有股清甜的味道。水坑边较平的没有水的地方，有的一块有很多白的碱盖住地面，有的一块是潮湿的青黑的沙丘，这些黑、白、清的茎干很白的植物，乌兰达莱给它起了名字"碱刺儿"，因为它偏偏长在碱地上，浑身都像碱包了似的，又带着很坚硬的刺。

乌兰达莱弄不明白，沙漠里的水为什么很清，即使是黄沙漫天，狂风大作的时候，水面上只是泛起一道道浪花，还是那样清。风平浪静时，水平如镜，宁儿高兴时，抱着正喝水的小牛犊子，水里立刻映出一张可爱的小男孩的脸和一个专心喝水的小牛犊子的脸。这里的水坑边围满了骆驼、牛羊，可水总喝不干，地下的水像井一样不停地往外流着，无偿地流进牲畜们干渴的喉咙。

冬天，水坑结的冰像镜子似的，夏天的绿色都成了枯黄的颜色，草叶儿风一吹便在空中飞舞着，给人一种很凄凉的感觉，尤其是牛喝水就更不容易，离月亮湖又较远，冬天的牛走那么远会掉膘瘦下来，"卡克突"的草场好，适合冬天的牛过冬。宁儿几乎每隔一天就来一趟给牛饮水，一次，乌兰达莱把羊群赶过来和宁儿一起拿着铁锹砸冰，费了好大的劲才砸开了一个窟窿，水便冒了上来，怕牛滑，他们又用袋子装上沙子，刨了沙蒿铺在冰上牛们便争着去喝水，一下摔倒在冰上，疼得哞哞直叫唤，趴在冰上起不来，他们给它揉腿，小牛犊用舌头舔着乌兰达莱的手，一双大大的眼睛望着兄妹俩像是感激似的，乌兰达莱想：动物也有像人一样的感情，人是高级动物，善意用语言表达感情，而动物它无声的语言表达出的感情有时是胜过人类的。

乌兰达莱望着远处的沙漠，对宁儿说："宁儿，新的一年又开始了，不知道将来我们会面临怎样的处境。"

第五章

　　梨花飘香的春天，乌兰达莱收到了寄到庄子上的报纸，哥哥来送饲料，特意给她带来，她展开报纸，激动地对娘娘喊："娘娘，我的散文诗发表了，您看，变成铅字啦，在省报副刊上，上个月寄去的，没想到这么快就发出来啦……"

　　"念给娘娘听听，……"

　　"题目是《墙隙间的小草》：踏着墙边狭窄的小路，我抬头仰望这高泥墙。猛然发现——在缝隙间，有一棵瘦弱的小草。

　　"我看到它瘦弱的，小小的身躯，是从一道小小的墙隙间挤出。

　　"啊！这个不知是从鸟的嘴里掉落的，还是被风吹进这缝隙里的种子，也许是滴进了一滴雨水，它便发芽、顽强地长成一棵有生命的小草。

　　"我抚摸着它，我不忍心把它拔下。我怎么能伤害一个顽强的生命？显然它很小，很缺少营养，但它已经把自己的全部热血奉献在这狭窄的缝隙里了。暴雨没有冲掉它，狂风没有把它刮倒！

　　"从它，我想到了我，想到了我身边许多的人！

"噢，小草，我心中的一棵瘦弱的墙隙间的小草啊！"

娘娘静静地听完乌兰达莱读完她发表的散文诗，对她说："孩子，你这是通过小草写自己呀，你现在的情形就像这草儿，好，希望你像小草一样坚强。人，没有磨难就没有成功，你看唐僧取经不就经过九九八十一难吗？"

"娘娘，我挖了些锁阳，等卖了钱买一套《西游记》，我好早就想买这本书了。"

"好，到时不够的话，娘娘卖了羊毛给你加上，我那几只羊剪了些羊毛，还有一只小羊羔送给你，你好好喂养，说不定这只小母羊过几年能让你有一群小羊呢，就不愁买书啦。"

乌兰达莱在放羊的间隙，经营着小菜园，现在她完全是个合格的种菜好手，在屋后她砌了一个鸡舍，养了几只鸡，还对娘娘说：

"明年我还喂头猪，送到庄子上给父母。"

"这闺女，把家得很，你长大是要嫁人的，弄好的光阴也是哥们弟兄的。"

"哥们弟兄就哥们弟兄吧！反正是亲人，他们过得好我也开心，对吧！娘娘！"

"好，这个闺女善良，你会有好报的，好好写你的文章，我看你会有出头之日的。"

"娘娘，人家都认为既然念不了书，就好好当牧民、农民，只有你支持我，让我有勇气面对现在的人生！"

"他们都不懂，人要往长远看，娘娘就是觉得你不是个平庸之辈，当牧民、农民绝对不是你的长久之路，不是说牧民、农民不好。我是相信你应该有更有价值的作为，孩子要坚持住，认准的道就走下去，不能怕苦，相信自己没错就行。"

乌兰达莱望着娘娘，许久没有讲话，她走出屋外，看着远处的鄂尔多斯山，茫茫苍苍的山野上空飘着洁白的云朵；望头顶上看，一群大雁排着"人"字形，向南飞去，一只苍鹰在天空盘旋……

春天的羊羔儿也是快断奶的季节，小羊儿们必须学着吃细草，乌兰达莱拔来青草，剁碎拌进细料里，放到小槽里喂它们，有些缺奶又小不能吃草的羊羔，她就用奶粉喂，在她精心的喂养下，三十多只小羊羔健康地成长着，早晨一见她便咩咩叫着跟在身后，她走哪儿便跟到哪儿，她便领着它们到湖底吃"牛毛毡毡"的小草，这种草长得像牛毛一样细，宁儿便给她取了个名字叫"牛毛毡毡"。

晚上，羊上了圈，吃过饭，洗完碗筷，给娘娘端上小桌她开始念经，上晚课，乌兰达莱便在小黑板上教弟弟妹妹识字，从a、o、e拼音教起，教完让他们在本子上写五遍，她说："你们写完五遍就可以睡觉了，三天后我要考你们……"

"是，乌兰达莱老师。"

宁儿、月儿趴在小桌上认真地写字，乌兰达莱在一旁认真地看，等他们写完，她便用教笔批改对错，批完后就让他们上炕睡觉，等娘娘和弟妹们睡着，她便端着炕桌到墙角，温习她的课程，这一晚，她突发灵感，写下了一首散文诗《北方的女儿》：

北方女儿、站在春天的雨丝中披着秀发如春天的白杨，风沙雨雪中长成如白杨般婀娜的身姿，有弹性，仍不缺乏韧性。能挑得起沉重的山和黄河的洪峰。杨柳似的柔情能使羊皮筏儿回旋!

北方女儿,扶着山根和母亲的小腿站起来的女儿,没有一个如江南女子的娇柔,没有一个不能胜任祖辈们交给的扁担和犁耙!

北方女儿,你的歌声越过鄂尔多斯山能使行走的虎狼陶醉而变得温柔,能使江南的男儿因你的倔强韧性而止步聆听!

你的胸膛像广漠的草原,盛得下欢乐,也盛得下忧伤。

写完这首散文诗,乌兰达莱看看时钟,已是夜里十一点钟,因为大脑兴奋,居然一点睡意没有,她合上小本子,轻轻下炕,推开门走到院子里,抬头看天上的星星,夜空中的星星明亮地眨着眼睛,夜静得让她感到一种无名的孤独,远处偶尔传来一两声不知是什么鸟的叫声,园子里的树静静地默立着,因为没有风而不能够让它们互相抚摸枝干,她又走向羊圈,听着羊儿们的反刍声和小羊羔偶尔夜里找妈妈吃奶的撒娇哀求声。在别的女孩儿这个年纪,怕是天一黑就不敢出门啦,而乌兰达莱,几年的沙漠草原生活将她磨炼成了一个大人,她常在冬夜里凌晨两点还打着手电筒察看产羔母羊的情况,抱着新生的小羊羔回屋取暖,严酷的生活使她勇敢而坚强,娘娘告诉她,心的强大才是真正的强大,黑夜和白天其实没有什么区别,如果能战胜心理上的恐惧,欣赏夜的宁静和美,自然也就不害怕了,乌兰达莱常想,有星星给她做伴,在有月亮的夜晚,她常对着月亮说自己的心里话,望着静静的鄂尔多斯山出神,她把一个少女的情感给了这山、这月亮，她相信，鄂尔多斯山是爱她的，这种深沉让她感动，她如母亲一样给了她无限的力量和勇气，她让乌兰达莱感受到了许许多多的同龄女孩永远无法明白的道理。

转眼到了夏天，羊儿们已经过了啃青期，夏天是鄂尔多斯草肥水美的最好季节。沙漠里的芦草青油油的，白茨上也结了青果，沙葱也长了出来，乌兰达莱和宁儿放羊时，会偶尔碰到沙湾里有一小片的沙葱，便欢天喜地地掐了回来，娘娘便教她做沙葱包子。先洗净沙葱切成小段，然后用胡麻油炸了调料拌进去，包好的包子，要么蒸熟，要么用油锅煎熟，天然的野菜包子清香可口，再配上西红柿汤，就是一家人最好的伙食，乌兰达莱对弟弟说："宁儿，明天我们用树枝扎一个小羊圈，小山羊会吃草了，把它隔开，挤羊奶给娘娘喝。"

"好的，明天月儿看着羊，我们俩扎羊圈。"

月儿摇着小辫说：

"我一个人能放羊，你们俩弄羊圈吧！"

第二天，月儿赶着羊走进了沙漠，乌兰达莱看着妹妹瘦小的身影远去，眼泪立刻流了下来，她心疼弟弟妹妹，但又不能表露出自己的痛苦。她知道，她的笑声会给他们多大的安慰，这个家，她是当家的人。

弟弟拿着斧子砍树枝，乌兰达莱把树枝整齐，背到羊圈旁，背够了树枝，便在羊圈旁挖出两尺多深的沟，把树枝密密地排好，一个把着树枝，一个添土。固定好，再用铁丝横着棍子捆紧，宁儿手巧，还用树干扎了一个小门，乌兰达莱找来旧毡，把小门用铁丝和毛毡穿起来，就不怕夹着羊羔的头。忙了一整天，到傍晚妹妹回来时，他们把小羊圈扎好了。娘娘陪着他们，和姐弟俩说着话，时不时端水给他们喝。

第二天，乌兰达莱把刚熬好的奶茶端给娘娘喝的时候，娘娘说：

"我们闺女熬的这奶茶，火候、配比掌握得不错，快赶上你乌珠姑妈熬的水平啦！"

整个夏天，乌兰达莱姐弟仨天天给娘娘挤羊奶，一半用来熬奶茶，一半做成酸奶，乌兰达莱俨然一个典型蒙古姑娘的持家方式，还把吃不完的瓜菜切条晒干，以备冬天食用。

她养的鸡也开始下蛋，平均每天都有一两只鸡蛋。乌兰达莱过几天给宁儿、月儿煮几个清水蛋，让他们增加点营养，娘娘是出家人不吃鸡蛋，怕弄荤锅。乌兰达莱用一个大瓷缸子放在煮饭后的火上，柠条柴火硬，煮饭后的火仔完全可以煮熟鸡蛋。小火房的小土炕上方有一个房梁，乌兰达莱把一个柳条小筐挂在房梁上，对弟弟说："宁儿，我们攒些鸡蛋，等哥哥来给爹妈带回去，他们上了年纪，庄子上的鸡下蛋少，肯定不够吃。挂在房梁上，一来防老鼠，二来通风好，不容易坏。"

"好的，姐姐真聪明，这个办法好。"

一天中午，乌兰达莱在伙房的小土炕上睡午觉，睡得正香时，感到怀里凉冰冰的，被凉醒的她睁眼望怀里一看，顿时惊得三魂掉了两魂，一条黑白花纹大蛇蜷成一团在她怀里，红红的蛇信子向她吐着。

自此后，乌兰达莱只要见到软体动物，便会吓得脸煞白，真是一朝被蛇惊，十年怕井绳。

夏天的鄂尔多斯台地沙漠是炎热而丰富的，这个季节羊不愁没草吃，每天到上午十一点便到了盆地的沙坡上的柠条树下，趴下休息，乌兰达莱和宁儿、月儿便等羊儿们趴好，姐弟三人便一路说着话赶着要挤奶的山羊回到羊圈，挤完奶，把小羊羔放出来让它们和母亲团圆，因为不能把奶给挤完，要留一部分给羊羔吃，月儿的挤奶水平超过乌兰达莱和宁儿，姐弟三个把挤完奶的羊安顿好，圈在羊圈里，端着羊奶回屋准备午饭。

夏天也是蔬菜最丰富的季节，茄子、西红柿、豆角、南瓜、黄瓜、西瓜都到了成熟的季节，她先把奶茶熬好让娘娘和弟妹们喝，把一半倒进酸奶罐里，酸奶有已制好的底子，只要天天加进新鲜奶，娘娘便天天有酸奶喝。人上了年纪消化不好，乌兰达莱做酸奶的技术也是向乌珠姑妈学来的，她还学会了制作奶豆腐，蒙古女人会干的活计比如剪羊毛、缝皮背心等，她都一学即会，娘娘心里常常暗想："这个孩子的蒙古血统、蒙古女儿家该具备的能耐她似乎无师都能自通。这要在清代，她可是位格格呢。而如今，她都不知道自己的母亲是谁，父亲连面也没见过，她父亲若地下有知，不知做何感想。将来若有一天她知道自己的身世，不知是什么样的反应，菩萨啊，保佑这个聪明、善良的孩子吧！"

乌兰达莱一边和面，一面看着沉思的娘娘，她没有叫她，她已经习惯娘娘这种神态，出家修行的人，她有她思考问题的方式，有时打坐也是几小时不动，娘娘的这种修为和修行的种种一直都影响着她，这种影响也许一生都伴随着她。

月儿抱好柴火，一边点火，一边问：

"姐姐，我们今天又吃擀面条吗？"

"你不想吃面条吗？"

"我不喜欢吃煮面条。"

"那姐姐给你做焖面吧，怎么样？"

"焖面又怎么做呢？"

"我把面擀好、切好，然后把西红柿、茄子、豆角一起炒一会儿，加水，水不能超过菜，等锅里水冒热气时，把面条放在菜上面盖上锅盖，中火烧水快干时，揭开锅，用锅铲把菜和面炒匀，香香的焖面就做好了。"

"明天中午给做米饭好不好，姐，好久没吃米饭啦。"

"因为没有大米了，黄米和小米我怕你们不喜欢吃，就没有煮米饭。"

"黄米就黄米吧！明天吃黄米干饭，行不行，姐姐！"

"行啊，黄米饭熬南瓜，怎么样？"

"可以，我明早就把园子里那个大南瓜摘来。"

"那个最大的南瓜可不能摘，是留着做种子的。"

"好的，我摘那个中不溜丢的。"

饭做好，给娘娘端上，娘娘说：

"嗯，焖面做得挺香的，这娃娃做饭的手艺越来越好啦。"

"还不都是您教的，面和得要水分合适，不软不硬才筋道。"

"现在条件比我们小时候好多了，起码有白面吃，我们小时候多数是吃麸子面的。你爷爷即使雇了长工，也是和他们一起吃饭的，从来不会自己吃好的，给长工吃下人的饭，他说大家都是人嘛。那时为给你爹请私塾先生，你爷爷说不能让读书人吃差的，年景不太好时，就把白面让给先生和你爹吃，你爹脑子好使，不但读四书五经，还学会了中医。你小时候体质弱，小毛病不断，都是你爹给看好的。"

吃过饭，娘娘让小月儿跟她到大屋里去，不一会儿月儿端着一碗大米兴高采烈地来到正在灶房洗碗的姐姐面前。

"哎呀，白大米……！"

"娘娘说是上次有人来看她，送来的，她一直没舍得拿出来吃，说等过节，她听到我说要吃米饭，就给我了一碗。姐，明天中午，你一半大米、一半黄米煮干饭，我们四个人都有米饭吃了。"

"娘娘是让给你煮大米饭吃的，单独做给你吃吧！你不爱吃面。"

"不，人不能贪心，我一个人吃大米饭会咽不下去，我们就煮黄、白米饭吧！一家人吃多香啊！"

乌兰达莱望着小月儿清秀的小脸，黑亮的大眼睛，心里涌上一股无限的感动。艰难的生活并没有磨去她的意志，她从小学会了和姐姐、哥哥承担起生活的重担，并懂得了甘苦共享，生活中无论大小的一件乐事，都会让她兴奋不已，这难道不是人之初最可爱的一面吗？

洗完碗，乌兰达莱没有睡意，她拿起笔记本和笔走到大榆树下，沉思了一会儿，在笔记本上写下这样的散文诗：

雨 魂

风把雨扯成点点、滴滴，苍茫中雨失去了往日的娇娆，被撕得七零八落，几分清冷凄凉透出坚毅，纯洁显出清新。

也许，是为了洗净世界上的一切污浊，你才收起笑容紧绷起了面孔。

也许，是为了告诉人们你的清白，你的柔情，你希望你自己是多情的少女而不是粗犷的男儿。

是啊！既然是一个多情且又温柔的生命，就应该落脚于每一个角落，让一切的污秽都无影无踪、销声匿迹，这才是你生命的可贵之处。

你给人的应该是生命的萌动，青春的向往和久久的思索。

雪 魂

往往是冬天最残酷，最冰冷的时节，你不声不响的，悄悄地飘舞而来，没有谁为你伴奏，更没有谁为你伴唱。只有轻轻地空气托着你。

也许是感动于你的纯洁、晶莹，天地间的一切都变得悄无声息，仿佛像迎接救世主似的静候着你。

也许是你的舞姿过于迷人。风也不好意思打扰你。飘逸的生命自由自在，无牵无挂。

哦！生就了一个纯洁、晶莹、飘逸、迷人的生命，就应该飘落到每一个角落，每一株树干和每一座房顶，使它们也因你的力量和美丽而变得无灰无尘，晶莹透亮。

流浪的云

　　一片流浪的云，落脚于黄河岸边洗尘，它问东去的河水，你有家吗？河水回答它，走到哪儿哪便是家。

　　一片流浪的云，辽阔的天空任它游荡，没有谁去约束它，要求它什么，若有，便是流浪的自己。

　　一片流浪的云，你知道世界上有流浪的岁月吗？

　　写完散文诗，已经是深夜两点，乌兰达莱毫无睡意，她找来姐姐给的方格稿纸，把它们工工整整地抄写到稿纸上，然后找出省报的副刊地址，用信封装起来，写好地址。娘娘说过几天要到县里去看病，内蒙古管理站的大嫂答应用毛驴车带娘娘去，她也要看病并回到县城买东西，娘娘说到时托大嫂把乌兰达莱的稿子寄出去。

　　做完这些事情，天快亮了，乌兰达莱和衣躺下就睡着了，娘娘醒来，看她睡得香，便给她盖了一件衣服在身上。

　　乌兰达莱被一阵鸡鸣声惊醒。她揉揉眼睛，看着娘娘已经在小炕桌前打坐念经，早晨怕吵醒他们，娘娘都是默默念诵经文的，等他们兄妹三人起来，她的早课已经完成了一半，月儿每天起来第一件事就是把娘娘的木鱼棒递到她手里，娘娘不睁眼一边诵经一边敲起了木鱼，舒缓、清晰的诵经声便从小屋里传出来，伴着清晨的羊叫声、鸟鸣声，沙漠草原新的一天就这样开始了……

　　沙漠草原的夏天是炎热、丰满而又热情的，在夏天里，羊儿们有丰富的青草可食，沙漠芦草、灯酥、芨芨草、白茨等都绿得亮眼，还有温柔的牛毛毡毡，是在沙漠里潮湿的盆地形成的，潮湿而温润，它是连在一起的根柔绿草，这种草挖起来时成块，可以用来砌羊圈、盖房子。牛毛毡毡开花时很美，红的、黄的、绿的，一簇丛丛的，特别美丽，这一片绿被沙漠包围着，美得让人醉步不前。乌兰达莱常在羊儿们吃草时，坐在花丛中，遥望着蓝蓝的天际，天空碧蓝碧蓝的，她想，只有草原有这样的蓝天吧！

第六章

冬月的一个早晨，娘娘的病已经痊愈了，她亲手给乌兰达莱擀了长面，打了卤，对孩子们讲："大家一起吃生日长面，给我们乌兰达莱过生日，盼你健康、平安、吉祥，阿弥陀佛！"

乌兰达莱端着生日面，望着娘娘说："娘娘，是谁发明了过生日呀？其实生日真没什么意义，你看过一个生日就长一岁，长一岁就离老不远了，实在是没什么好祝贺的，我看生日应该改成对母亲的感恩日，母亲带孩子来这个世界上是不容易的。不过，我今天谢谢您给我过生日！"

"这个孩子，你总是对事情有自己的看法，想法也很稀奇。我看哪，凭这点，你将来一定会有出息的。看，娘娘买给你的新蜡烛，看煤油灯把头发烧得一圈一圈的……"

"啊呀！还是娘娘最知道我想要什么呀！我最近构思了一个小说，题目叫《河神》，计划在我过十六岁生日前写完，你说，我这么大胆决定写长篇，写成一本书，是不是太天真呀，是不是不知天高地厚呀？"

"小丫头，初生牛犊不怕虎，不试怎么知道自己行不行呢？娘娘相信你一定行！好好写吧！"

"娘娘，我昨天收到姐姐转来的一位编辑老师的信，她说北京的鲁迅文学院在招文学函授班，她已经给我报了名。"

"什么叫函授班？"

"就是通过书信的方式教学生，函授老师给指导写作，对写的文章提出指导意见。简章里还说，一年后对优秀的学员还选拔到北京参加面授呢！"

"噢，这个好，你就好好学习吧！就是担心熬坏身体。"

"没事的，我才十几岁，有的是精力，每天干完家里的活，晚上可以学嘛！"

乌兰达莱给自己定了一个计划，每天必须完成《河神》长篇小说创作的一千字，然后静等鲁院函授部的通知。她感到生活虽然苦，但心里是满满的对未来的努力和期盼，她常常站在鄂尔多斯山顶，遥望远处的黄河，每每这时，她的心便跟着思绪飞得很远很远……

晚上，娘娘和弟弟妹妹睡熟了，乌兰达莱还在煤油灯下写《河神》，窗外是呼呼的北风，她盘腿坐在小炕桌上，腿麻了就伸出来在炕上活动一下，烧了柴火的热炕，通过身体传递到身上暖暖的，使她的手不至于冻僵，写累了，瞌睡了，头发一下燎到煤油灯上，嗞啦一声，刘海儿烧成了一卷一卷的，她伸手将下了被烧焦的头发，闻到一股煳煳的、香香的头发味，她笑了一下，继续伏案笔下生花，等写完一天的计划章节，看了看手上的电子表，已是夜间十二点，她衣服也没脱，倒头便呼呼大睡。睡眠对一个不满十六岁的孩子来说是多么的珍贵，而对乌兰达莱来说是多么奢侈的事。

腊月的一天，姐姐来沙漠月亮湖看娘娘和弟弟妹妹，她同时带来了鲁迅文学院函授部的信函和学习资料。

姐姐对乌兰达莱说："妹妹，你看，信上说了，函授部给你安排了《文艺报》的一位老师作为你的函授老师，你每个月要交一篇散文或小说，函授老师给你做修改和写作指导，还有这些函授教材，针对基本的写作技能，对你很有帮助。看来省城的这位编辑老师做了一件大好事，你好好学吧，你看这信上还说了，若写得好，年底还选拔优秀学员到北京参加面授呢，这可不止千里挑一呢，你能选上面授，姐姐给你出路费。"

"姐，我一定努力，争取到明年的腊月能去北京参加面授。"

"好的，姐姐等着你能去北京的那一天。"

乌兰达莱给自己制订了一个生活学习计划，每天安排好放羊、背柴、做饭等生活上的一应事务，然后是把一天的学习函授课程和习作的时间也安排得满满当当，一天下来时间总觉不够用，她对弟弟妹妹说："宁儿、月儿，你们看这样好不好？你们两人放一天羊，我一个人放一天，我放羊的时候你们就在家照顾娘娘，把晚上弱羊的萝卜丝擦切好，料拌好，晚饭你们不会擀面，就做米饭，炒土豆酸菜，做法问娘娘就行。然后天晴时在附近捡一些柴火，你们看这样行不行？"

"行，姐，这样最好了，你一个人若孤单了，我们轮流着跟你去做伴儿。"

乌兰达莱找到了上次她去县城时买的塑料文件夹，把函授的书本夹进去，然后用自己的旧的不能穿的牛仔上衣缝了一个挎包，高兴地对娘娘说：

"娘娘，你看，我有好办法了，你看我用文件夹夹好的书本，放羊时在沙坝上可以看书，还可以把它放在腿上写字呢。若突然有灵感想起好的文章段落了，就可以马上记下来。这个书包你看我缝了两层，一层装书，一层装羊羔羔，现在是产羔时节，羊在野外生了小羊羔，就放在这包里，包着回来。"

"姐，你真聪明，还专门留了让羊羔露头的小口子，让羊羔头露出来透气，这个办法真好，可以给我们背吗？"

"当然可以。"谁放羊谁背。

"这个丫头，脑子灵活，总会找到窍门，你说这是遗传了谁？我看像你妈，像草原上的精灵。"

"娘娘，我妈不是在河边的家里吗？怎么您说我妈是草原上的精灵？"

娘娘为自己的失口赶紧解释："哦，我是形容说女人能干，说你妈能干就像草原上的精灵。"

"娘娘，我有点奇怪，你看人家双胞胎都长得一模一样，可我和妹妹只有一点点像，她比我高，比我好看。"

"傻孩子，是观音菩萨怕你俩长一样不好认，才让你们只有一点像的，有一点像也是像啊！菩萨肯定是为了让你们好区分呀！你说你俩若长得一模一样不就没有彼此的特点了吗？你不是常说人要有自己的特点吗？你看你的两眼之间的红痣，别人就没有，多有特点呀，你说对不对呀？"

"嗯，娘娘说得有道理，我就是要做个特立独行的人。"

腊月的一天，天上飘起了雪花，乌兰达莱最喜欢下雪天了，世界一片雪白，纯洁无瑕，她早上赶着羊群在薄薄的雪地上行走，洁白的雪花飘在她的头上、肩上，她伸出舌头舐了一朵落在嘴唇上的雪花，感到一股清凉直透心底，转身看到身后被她和羊群在荒漠上踩出的小路，她一下灵感涌上脑际，她托着文件夹放在腿上写了起来：

　　记不得什么时候，荒草地上的小路我遇见了你——荒草地。

　　在我的眼前，你的轮廓只是一片茫茫的荒草地——无法形容的荒凉。我便踌躇不前，心中一片茫然。

　　我在你的边沿徘徊了许久、许久，最后，终于鼓起勇气慢慢迈开脚步，走进你的怀抱。

　　你绿了又黄，黄了又绿，一个个春、夏、秋、冬，在你无声无息中悄悄离去，而你却依然如故。

　　但是，我终于征服了自己，也征服了你。在你的怀抱里一次又一次走过，留下了一条青春的小路。

　　虽然，这是一条很细很细——是一条羊肠小道，但我却很欣慰，因为我是在你怀抱里留下的一条小路，我会把它装在心里，在心里去蹚完这条羊肠小道而去寻找通向大路的方向。

　　乌兰达莱看着自己坐在沙丘上写完的散文诗，感到暖暖的，她望着雪花和雪白的羊群，一切是如此的宁静和美好，原来生活的苦难也可以变得如此之美，这种美是来自苦中的追求和梦想，来自内心深处的那份纯洁。

她想起了娘娘给她讲的佛说众生因生生世世的习气熏染，形成了五毒恶习，即贪、嗔、痴、慢、疑。其中"慢"指人心有高傲与自满。《大乘五蕴论》有七慢之说，即慢、过慢、慢过慢、我慢、增上慢、卑慢、邪慢。因此，修习正智慧，去除七慢结，在学习过程中通过善法净化自心，完善自我，降服慢心，改变命运。她想起娘娘讲的一个小故事：

　　一条船上载着文武两位状元和一个孕妇，因为同是当朝状元，文武状元谁也不服谁，交谈中两个吹嘘起来。文状元吟出一首打油诗：我的笔儿尖，我的砚儿圆。文章三篇好，中个文状元。

　　武状元不甘示弱，也吟出一首：我的箭儿尖，我的弓儿圆。马上射三箭，中个武状元。

　　两位状元的态度可谓不可一世，各自夸耀他们的文才武功。

　　这时在一旁看热闹的孕妇突然开口吟道：我的脚儿尖，我的肚儿圆。一胎生两子，文武两状元。

　　两状元听后，哑口无言。

乌兰达莱当时对娘娘说："孕妇的诗是对两人的嘲讽，有点特长就自吹自擂，有什么了不起，还不都是娘胎里生出来的？做人要看他人长处，谦虚好学，常看自己的不足才对！"

娘娘对她说："孩子，你悟性好，能从娘娘讲的故事中悟出道理来，能从你读的书中悟出道理来。"

"还要从生活中悟出道理来！"乌兰达莱说。

乌兰达莱想，若自己不出来放羊，就看不到这么美的雪景，就写不出这样的散文诗，生活赋予她的不仅仅是艰难困苦，同时也赋予了她在艰难困苦中寻求人生的真善美以及人生真谛的能力。

思索中远远地她听到稚嫩的羊羔的叫声，她顺着声音寻过去，在河湾里，她看到一只小羊羔在地上叫着，浑身湿漉漉的，它的母亲站在一旁并不理会它。乌兰达莱认出是一只年轻的母羊，还不到产羔的年龄，所以在羊群中无法分辨它的胎龄，成年母羊临产时有征兆，会留在家里喂养待产，这种年轻小母羊的幼子多会夭折，这个小羊羔就属这类啦。她赶紧捡了一小堆干柴，在小羊羔身旁点起一堆火，然后从火堆底下刨出沙子来把小羊身上的羊水擦掉，用火暖温温地烤干羊羔身上的毛，抓过羊妈妈看，它根本没有奶水，她只能拿出身上的热水瓶冲了一瓶奶粉给小羊羔喂下去，然后把它放进背包背着赶着羊群往有草的地方，雪渐渐地大了起来，她一会儿就变成了小雪人，在荒漠中一点一点地前行，成了一幅图画里的景。

晚上回到家，羊上了圈，乌兰达莱也成了小雪人，她将背在背包里的小羊羔放在地上，用一件旧衣服垫上让它躺在上面。她对妹妹月儿说："小妹，赶紧把奶瓶给姐找出来，还有奶粉。"

"姐姐，你打算用奶瓶喂它吗？这种小羊羔很难喂活的，不过，这个小羊看着还挺有活力的。"

"我白天抓着别的羊妈妈让它吃了几口奶，只要它肯吃别的羊的奶，就有办法喂了，它妈妈不认它，又没奶水，我试试，一定把它喂活了。"

乌兰达莱用开水烫好奶瓶，然后冲好奶粉，装进奶瓶，滴几滴在手背上，感觉不烫了，就把奶瓶嘴塞进小羊羔嘴里，小家伙不吸奶瓶，乌兰达莱把它头扬起来，掰开它小嘴，滴几滴奶水在它舌头上，把奶嘴含它嘴里，用手轻轻捏住它的嘴，小羊羔尝到甜头居然吸起奶瓶来，一会儿便吃了半瓶。娘娘在旁看着乌兰达莱说："这孩子，在养羊上真有办法、耐心，这小羊羔若让你喂活，那就是奇迹了。"

"娘娘，你看它多可爱呀！洁白的羊毛软乎乎的，还卷着花儿，眼睛黑溜溜的，这小羊脸不比娃娃脸难看，给它起个名叫小雪吧，下雪天出生的，又这么可爱。"

"你要像喂一个人一样喂它，照顾它，说不定真能活出一条命来。"

"睡觉前再给它喂半瓶奶，晚上用我的围巾给它当被，又轻又软。明天把大一点的羊羔与它妈妈隔开，晚上回来先给小雪吃一点再让它的孩子吃，说不定久了它会认小雪呢！"

"这个法子好，那得给羊妈妈加点料。"

"我知道啦！"

产羔季节是一年中最忙的时节，每天傍晚羊上圈之后，乌兰达莱兄妹三人便端着几大盆细米布袋子放在羊圈外面，月儿站在外面往里递布口袋，乌兰达莱和宁儿便一一把这些布口袋戴在母羊和体弱的羊头上，等它们吃完了又一一摘掉，这也是他们兄妹想出的法子。这种方法比放槽里喂效果好得多，放到羊槽里，强的多吃，弱的挤不上，用布口袋分装，每个羊都能够吃到。

喂料之后，月儿将小雪抱来，抓着被隔开羊羔的母羊黄头来，对它说："大黄头，你就别踢了，给小雪吃一点吧！就当多养一个孩子吧！"

大黄头开始踢着不让小雪吃，慢慢地看没了办法，只得让小雪吃。

等小雪吃饱了，把隔离的小羊羔再放出来，小家伙委屈地叫两声，便跪在地上吸起母乳来，大黄头对自己的孩子耐心得很，直到小羊羔不吃了，才抬脚走。领着它的孩子到羊圈的角落休息。

一个月后，小雪居然长大了，毛茸茸的很可爱，每天一见乌兰达莱，就迎上去扑她怀里，亲切劲儿别提了。乌兰达莱抱着它，它伸着小脑袋在她臂弯里抬着头，那兴奋劲儿，像见了亲娘似的。

"姐姐，你成羊妈妈了，看小雪见你像见了亲娘似的。"

娘娘说："动物也是有感情的，这小雪没有达莱，怕是早没命了。小羊对羊妈妈都有跪乳之情，更何况救命之恩呢！"

"啥叫跪乳之情？"

"你看，羊羔吃奶不都是跪着的吗？就叫羊有跪乳之情！"

"噢，明白了，羊都有跪乳之情，更何况是人？每个人都应该感谢父母的养育之恩，特别是我，父母养育了我，娘娘也养育了我，生身不如养身重，对一个人来说，养育她的人更重于生她的人。"

"是啊！达莱说得很对，这孩子思考问题总是超出自己的年龄。娘娘相信你，将来必能成器。"

一晃，难熬的腊月快过去了，又到了近年时节。

这天，父亲余海从庄子上到月亮湖来，给送来了过年的东西，临走时给乌兰达莱放了一百元钱，对她说："达莱，过两天有内蒙林场的车去县城时你搭车去，给自己买两件喜欢的衣服过年穿吧，弟弟妹妹的我已经买了，我怕给买了你不喜欢，你自己挑着喜欢的买吧！"

"谢谢爹，我知道了。"

刚好，第二天内蒙林业站的一个大嫂赶马车要去县城，娘娘便让乌兰达莱搭她车去，到了县城，乌兰达莱对大嫂说："大嫂，你把我放新华书店吧，你办完事过来喊我就行了。"

乌兰达莱一头扎进书店里，看着满架的书欣喜若狂，她取下早就想买的《西游记》和《红楼梦》，又看到一本叫《盐丁儿》的书，简介说是颜一烟的自传体小说，写她如何冲破困难重重的境遇，最终成为一名作家的经历，她想：我要学习盐丁儿精神。

算了一下，买完这三本书还剩十多块钱，她结了账把书存在柜台，然后到对面的食品店给娘娘和弟弟妹妹买了一包糕点和一包蜡烛。然后又折回书店，选了一本高尔基的《海燕》读起来。

她正埋头看书，听到有人叫她名字。

"你是乌兰达莱吗？"

"安老师……"

"我来给学校图书馆买些书，这都一年多没见你啦！这孩子真是可惜了，我的语文课因为没你在真是很无味呀！你背诵课文记忆最好，别人两个小时背下的课文，你二十分钟能背下，你的作文，我常当范文读给同学们听。唉，常想起你当学习委员和班长的时候，不管天多冷，都是按时收发作业，一个责任心很强的孩子。对啦，这一年多都在放羊吗？"

乌兰达莱简单地向安老师介绍了一年多的生活，并说了省城的一位编辑老师给她报了文学院函授班的事。

临别时，安老师对她说："乌兰达莱，我现在除了上初二语文课，还兼管着学校的图书馆，以后，你每个月到县城来可以到学校图书馆来找我，我给你办个借书证，你就可以借到你学习的书和阅读的书啦。买书看，你怕没有那么多钱！"

"可学校图书馆里只对在校学生的，太难为你了，安老师。"

"我就对你特殊一次啦，孩子。"

乌兰达莱泪眼汪汪地看着安老师离去的背影，心里暖暖的。

在回来的马车上，乌兰达莱一直没有说话，她低着头一直看着远方的山脉，而后她掏出笔记本写下这样一段话："相信自己，越活越坚强，我没有靠山，自己就是山，我是鄂尔多斯山的女儿，要有山一样的精神，我没有天下，自己打天下！我没有资本，自己赚资本！靠自己才能笑得开心，靠自己，无惧艰难！我是独立的个体，真正的强大是内心的强大，靠自己，人生才会赢，靠自己闯出一片天，所以，无论多难，我一定要坚持，坚强地在沙漠上踩出一条路！"

写完合上笔记本，她看到一抹夕阳从鄂尔多斯山斜照下来，沙漠里一片金黄色，马脖子上的铃声清脆地响着，一只雄鹰站在远远的沙丘上……

回到家，刚进屋，她惊叫："娘娘，哪儿来的课桌，还有凳子？"

"乌兰达莱，娘娘今天到林场做客，见到林厂王主任的爱人，和她聊起你写字趴在炕桌上的事。她说林场过去办过小学，有几张课桌，现都存在仓库里，向厂长借张课桌给你用，厂长会给面子的。我就等着王主任回来，给他讲了你上北京的文学院函授班的事，讲你写文章趴炕上的小桌的艰难……王主任二话没说就让工人把桌子送我们家了，并说你一定会有出息的。你坐上去看看好写字不？"

乌兰达莱坐在书桌前，激动得像得了稀世珍宝手舞足蹈，弟弟妹妹也在一旁乐得不知所以。艰难贫困中的孩子，一件小事就让他们幸福得满脸开花。

乌兰达莱走到娘娘面前，眼泪在她的脸上汹涌飞流，泣不成声："娘娘，您真是太体谅我了，处处为我着想，这个书桌在我人生的历程中，永远难忘，我会坐在这个书桌前，完成文学院函授的课程，并且，写完我的第一个长篇小说《河神》。"

"你看这娃娃，从小重情，这也是我把你当成我的女儿一样看待的原因。记住娘娘的话，不管多么艰难，你都要忍耐，支撑下去，好好看书学习，好好写文章。娘娘相信你，一定能成功的。"

这一夜，乌兰达莱睡得很香甜，梦里满是鲜花、美景和无数的牛羊。

年三十一大早，兄妹三人先把羊赶到草场，然后和娘娘到远处的鄂尔多斯山上祭拜神灵，山顶上的敖包上飘着五彩的经幡，娘娘走得慢，早早往山上爬，乌兰达莱和妹妹背着香烛水果等祭品，小月儿说：

"姐姐，小哥哥把羊赶到草多的地方，他就来找我们，到了敖包的山顶，就看到河边的家了。"

乌兰达莱踩着娘娘的脚印向山上爬去，她看着娘娘踩下的一串串脚印，想着自己的学习也如这脚印一样，每一步都会留下一串深深的脚印，只有深深的脚印才有脚踏实地的感觉。

"娘娘，我扶你吧！"

"不用扶，自己走，才能踩得稳，只有自己走的路才心里踏实。想着可以登到最高处心里才有劲！"

乌兰达莱回味着娘娘的话，娘娘的修行使她每每关键时总会说出充满智慧的话来，而这种智慧来自多年的修行。

站在敖包旁放眼望去，东边的黄河像一条银色的带子，河边的村庄星星点点，南边鄂尔多斯山脉一望无际，西北边的沙漠宁静悠远。她第一次发现，原来她生活的环境也竟是这么美，这种美来自于她的心境。

中午回到家里，妹妹把门上、羊圈上都贴了对联，乌兰达莱准备年夜饭，等羊上了圈兄妹三个围着娘娘坐在炕桌上吃年夜饭，月儿说：

"过年姐姐没新衣服穿，我这有件爹给买的红马甲，给你穿上吧！"

"你姐姐把你爹给的钱都买书啦！这个娃娃书就是她的命。"

"等我们春天羊毛卖了钱，让爹多给姐姐留点钱买书，姐姐教我的字，我认识好多呢！"

"那天广播里说姐姐是才女呢，是沙漠里的凤凰。姐姐的文章在省里得奖了呢！娘娘，什么是凤凰呀？"

"凤凰是一种美丽的鸟，人们说有出息的女孩子就称是'凤凰'。我希望你姐姐有一天能飞出鄂尔多斯山，飞出沙漠，飞得越远就越有出息。"

宁儿在乌兰达莱做的墙上的黑板上写了两个字"凤凰"。对娘娘说："娘娘，姐姐就是凤凰，盼着姐姐长出漂亮的翅膀来。"

"一定会的，姐姐一定会长出漂亮的翅膀的，并且能够找到她落脚的梧桐树。"

"娘娘，可是我不想做凤凰，我更想做梧桐树。有句话说'有了梧桐树，自有凤凰来'，我要做梧桐树，吸引人来欣赏我，而不是像凤凰一样绕梧桐树转或者停留在梧桐树上，梧桐树有根基和根本呀！"

"小月儿，听听你姐说的话，一会儿要做雄鹰，这会儿又要当梧桐树啦！这丫头的心呀！真像那海水不可斗量……"

月儿说："我也喜欢树，明年春天，我要在咱们院子里栽棵梧桐树，还有白杨树，等它们长大了，姐姐也长高了，树成材了，人也成才了。"

大年初一早晨，乌兰达莱天没亮就起床了，吃完早饭，便站在房顶上望着沙漠。大年初一娘娘说给羊也过个年，在羊圈里添了草料喂上。乌兰达莱盼着姐姐和哥哥的身影早点出现，他们说初一早晨来给娘娘拜年和看望弟弟妹妹，乌兰达莱最高兴的是姐姐可以给她带书和课本来。清晨的寒风吹着她的发辫，小脸冻得绯红。太阳出来了，鄂尔多斯山东方的霞光照在她身上，像披了金色的彩衣。这个房顶上小小的身影，透着生命的活力，她的目光是坚定的，充满自信的，她的生命也像这早晨的太阳，在鄂尔多斯山上绽放。我们相信，有一天，她会成长为鄂尔多斯山上的雄鹰，在鄂尔多斯山蔚蓝的天空上飞翔，并且飞向远方……

她终于看见哥哥姐姐和白马的身影了，父亲说春节要买一匹白马送给她，伟大的父爱呀！她明白她的女儿想要什么，乌兰达莱想象着自己骑着白马在鄂尔多斯草原上奔驰的情景，心都飞起来了。她飞跑着向哥哥姐姐、白马的方向奔去，几次跌倒又爬起，完全不顾白刺刺伤手掌。这时候，她明白了什么叫希望、梦想，人生因为有了希望和梦想而充实，她将为了她的人生希望和梦想而勇敢、坚强地去面对前面充满艰难荆棘的人生之路。

进了小屋，姐姐取出母亲给他们准备的年货，姐姐神秘地掏出一封信来，对乌兰达莱说："我可爱的妹妹，过了年，你要去北京学习了，你被鲁迅文学院大专班录取了，是大学生啦！"

乌兰达莱捧着录取通知书，泪水立刻打湿了纸张，这不是一张纸，这是人生的开启之门。她的人生，因为这张录取通知书有了不同的意义。

姐姐对娘娘说："娘娘，我们乌兰达莱这孩子真不错，她上了一年文学函授，成绩非常不错。一位《文艺报》的辅导老师很赏识她，对她的文章细细解读、评点，认为她很有潜力。她作为函授班的优秀学员被录取参加首届鲁迅文学院大专班的学习，真不容易呀！我们自治区参加函授的学员不少，录取的只有乌兰达莱一人，这回呀，妹妹真是沙漠里飞出的凤凰啦！"

娘娘望着乌兰达莱说："孩子，这是对你努力的一个见证，两个月后你将去北京学习，这仅仅是个开始，以后的许多艰难也将摆在你面前。娘娘也不知道你以后会遇到什么样的困难，千万不能被一个小小的成功冲昏了头，到了首都，大千世界，繁华世界，别忘了自己的根本。"

"娘娘，我记住你的话了，到北京后一定好好学习、写文章，不让您失望，我不会忘记生我养我的这片土地和沙漠。我会永远记住鄂尔多斯山的一草一木一粒沙的！"

第七章

二月二龙抬头的时候，母亲和娘娘便在为乌兰达莱去北京做准备，母亲手缝了一套春天的衣服和做了一双枣红色的布鞋。娘娘给她缝了一套夏天的衣服。娘娘说应该再缝一床被子的时候，乌兰达莱对娘娘说："娘娘，被子就不用缝了，我自己缝了一个被套和枕套，现在天气开始转暖了，我带上被套买一床棉絮套上就行了，枕套用来把衣服一装就当枕头了。这些用姐姐上学时用的那个印着"北京"字样提包一装就行了。再一个军用书包一装书我就可以去上学了。这样轻装便行很合适啦！"

"呵，这丫头真行，这个办法好！"

母亲说："我和娘娘年纪大了，不能送你，这么远的路你行不行，从来没去过省城呢。"

"妈、娘娘，你们别担心，姐姐说她送我到省城，我见她忙，我和姐姐说好了，她送我到通往省城的汽车上就行了，到了省城火车站我自己买到北京的火车票，以后都要独自面对这些的。"

娘娘说："好的，这个丫头一贯都有主见，相信你行的。"

春天的早晨，空气中带着凉意，天还没亮，母亲便起床为乌兰达莱姐俩做早饭，娘娘也特意回村庄来，母亲擀了长面，希望孩子长久顺利，饭后姐姐对家人说："你们大家放心吧，我会把妹妹送到省城的火车上安顿好再回来，学校方面有人接站。"

乌兰达莱望着清晨的冷风中站着的头上飘着白发的母亲、父亲和娘娘及幼小的弟妹，眼泪立刻流下来，泣不成声。

娘娘抚摸着她的头慈爱地安慰她："孩子，不哭，你这是奔前程。走出沙漠你的人生将是一个新的开始。记住娘娘的话，你是在天空飞翔的鹰而不是树上的麻雀，娘娘相信你。愿佛祖保佑你平安顺利，不要记挂我们，好好学习！"

一步三回头地离开了亲人们，坐上长途汽车赶往省城，一路上窗外的一草一木及黄土地令她五味杂陈，离开这片沙漠和土地，她无法想象以后她将面临的是怎样的人生之路。但她对未知的前路是充满信心和希望的。

告别姐姐坐上通往北京的火车，她第一次见到绿色的长龙，这条绿色长龙将载着她奔向首都，奔向人生新的起点。

二十多个小时后，乌兰达莱走出北京站已是晚上九点多，她看见鲁院的接站牌，牌下站着一个五十多岁的中年妇女和一个三十多岁的男同志，她拿出录取通知交给中年妇女，她上下打量了一下乌兰达莱，旁边的男同志介绍说："这是你们大专班的班主任洛老师，我是教务处的，欢迎你，小同学！"

洛老师说："这个小不点是我们班最小的学员啦，我看到录取名单啦！你就是《文艺报》历老师极力推荐的小才女、沙漠的小凤凰啦，你的文章在你们省报、省电台上发表，以后有什么困难就找我！"

校车把学员们送进一栋六层小楼，院子不大却很清静，乌兰达莱提着行李包找到了教务处安排给她的宿舍406室，敲门之后便静静等着。班主任老师说她们宿舍就剩她没到了。门开了，一个圆脸的姑娘笑吟吟地看着她。热情地接过手里的包，给她介绍室友："乌兰达莱，这位长辫子姐姐是来自内蒙古的烟玉，这位是来自山东的雷佳，我是陕西的肖英。我们四个人一个宿舍，我们两位比你们年长住在下铺，你和烟玉住上铺。你的被褥呢？"

"我只带了被套，准备来之后买棉絮。"

"哦，没关系，今晚你就和我挤一个被窝吧，明早我陪你去买棉絮。今天是报到，食堂还开着，我先陪你去打饭，吃好了就先休息。"

在上铺上看书的烟玉放下书柔声说："肖姐姐，我和乌兰达莱是半个老乡呢，她家那个地方，以前是我们内蒙古的，现在划给宁夏了，对不对？"

"你怎么知道？"

"我在乌兰达莱发表在学员刊物上的文章里看到的，她家果园子就在两省的交界处。"

"你们俩是我们大专班最小的学员了，烟玉比乌兰达莱大两岁，我们都是大人啦，就你俩是小孩。"

"我不是小孩了，十九岁了，达莱才十七岁，她是小孩，我们都要多关心她。"

乌兰达莱拿出娘娘准备的沙枣、杏子等特产给大家尝，四个人各自带的特产堆了半桌子，大家一直兴奋地聊到十二点才睡。

　　第二天早上是星期天，一早肖英提议选个室长，雷佳说："我看就你啦，又有组织能力，又会关心人，大家没意见就鼓掌通过。"

　　肖英陪乌兰达莱在离学院一公里处的商店里买了棉絮，乌兰达莱把娘娘缝的薄褥子铺好，套上被套，把衣服塞进枕套里做成枕头，床铺就整理好了，书放在床脚。这样就把一切安置好了，明天就正式上课了。

　　晚上躺在床上翻开笔记本，扉页上记着娘娘说过的话，感恩所有的遇见。生命中的一切，我们都无需拒绝，笑着面对，不去埋怨。遇到的人善待，经历的人尽心，一切都是最好的安排。生命的路上，就让善意盈盈的每一段，写着努力与光明；写着平安与喜乐；写着慈悲与智慧。

　　她想起了月亮湖、鄂尔多斯山，心里对娘娘说："娘娘，我记着您说的话，我不太懂你们佛家所说的轮回，但我明白今生努力与光明，我会好好地走我的人生之路的。"

　　春光明媚，柳絮飞扬，三月的北京，令人心旷神怡。特别是大专班的文学创作课，因为是首届，特聘了铁凝、张洁、梁晓声、霍达、曾镇南等一些知名作家和评论家授课。乌兰达莱听了名家们的课真是获益匪浅，作家都有着丰富的人生阅历和文化知识的储备。乌兰达莱对自己说："没有所谓的无路可走，只要你愿意走，踩过的都是路；醒来以后，便是涅槃，是重生的开始，人生的每一段开始便是新的旅程。"

　　很快，两个月过去了，乌兰达莱在上课之余完成了一部中篇小说，她除了和肖英周末去一下不远的公园散散步之外，只去过一次天安门，她俩约好放假前去一次故宫，那是她一直很向往的地方。

这天下课后洛老师让她去一趟她办公室，坐下后洛老师还捋了一下她的小辫，抚摸她的手让她感到很温暖，她想起小时候娘娘给她梳小辫时温暖的双手。

洛老师语重心长地说："乌兰达莱，你想过读完大专班之后的将来吗？"

"洛老师，这个我还没有想过。"

"孩子，你们班大部分学员都是有单位的，他们上这个班，一是为提高文学创作水平，二是为拿一个文凭，我们鲁院是属于继续教育，这个大专班也是和其他大学合办，文凭也是函授性质，老师不得不想到你的将来，你读了这个班之后户口工作怎么解决？你还小，总不能读完这个班还回去放羊、种地吧，那就可惜了，昨天我见到历老师，他也和我谈到了你的情况，历老师很欣赏你的才气，说你是他这些年做辅导老师见到的最有创作潜力的一个，希望我多关心你。这不，我刚接到一个信息，西部大学作家班今年秋季要招学员，历老师说他有个同学在中文系任教，以你的创作水平和条件，如果我和历老师特别推荐，只要入学文化课通过就没有问题了，作家班重点看文学创作成绩，你在《大学生》和《读者文摘》等刊物发表的文章很有分量，这在你这个年龄的孩子是不多见的。西部大学是重点大学，作家班的学历是本科，起点要有大专学历，个别特殊情况的学员会特别对待，你已经是我们大专班学员，这些情况学院和历老师都会给校方做特别说明和推荐。作家班毕业之后找工作、解决户口都相对容易些。你考虑一下明天回复我。"

"洛老师，不用考虑啦，我决定了，就去考西部大学的作家班，真是太感谢您啦！"

"你明天去《文艺报》找一下历老师,请他写推荐信,我先把你的资料寄过去,你下个月就去参加文化课考试。你属于特招生,如果拿到录取通知,你下学期就去读作家班,万一录不上你就继续读大专班,毕业之后再说,这样妥当些。"

第二天乌兰达莱到《文艺报》找到了历老师,她不敢相信眼前儒雅俊朗的三十多岁的年轻人就是历老师,历老师把推荐信交给她,然后说:"乌兰达莱,我的一位师姐在西部大学中文系任教,我已经给她打过电话了,你有什么困难就去找她。"

告别历老师,回到学院打开历老师交给她的一封信,信封里装了两百元钱和一页信笺。历老师在信上说这段时间学习压力大,让她买些营养品和复习资料。乌兰达莱感动得眼泪立刻流了下来,怪不得让她回学校再打开看,她将如何回报历老师的这份关心和爱护呢?对于一个来自于草原沙漠的苦孩子来说,老师的这份关心可是十分深重呀!她对自己说:"乌兰达莱,你一定要考上作家班,否则对不起老师的一片苦心。"

日子过得匆忙而充实,对于乌兰达莱说,她在鲁院的每一分钟都倍加珍惜,她从来没有羡慕那些穿着花裙子的同学,她穿着娘娘给她做的花布衬衣,对她来说吸取知识才是最好的营养。

在去参加完西部作家班的文化课考试之后回到北京,乌兰达莱便静下心来学习鲁院的课程,一边等待西大的通知,洛老师对她说:"乌兰达莱,你现在重点还是把精力放在大专班的课程上,西大那边已经尽了努力考了,结果只能顺其自然,总之,这边的课程不能落下,对你来说你现在重点是完成学业,文学创作是来日方长的事情,你明白吗?"

"老师，我明白的，谢谢您！"

傍晚乌兰达莱和烟玉在学院旁边的公园散步，她们俩年龄相仿，共同语言也多，烟玉说："乌兰达莱呀，你是不是在愁今后的路呀？"

"是啊！我不像你，已经师范毕业有教师的工作了，你毕业回去调动或原单位干都行。而我只是个农民，毕业后找工作、解决户口都没有那么容易，我倒不太在乎回家放羊，但是对不起家里人，大家省吃俭用供我读书，没点出息怎么对得起他们？"

"不怕的，你若考上作家班，毕竟西大是正规大学，又是本科，毕业也好找工作一些。"

"可我若考不上，就只有在这继续读下去。"

"你这孩子，心思太重了，你们自治区也只有你一个能上这大专班，对自己要求太高会很累的，谁能知道你会不会毕业之后柳暗花明又一村呢？我听洛老师讲你可能被西大特招呢，毕竟像你这么小又发表过有分量文章的人不多呀！说你的文章在一家省电台还在小说连播呢！你还上了你们自治区的电视和广播呢，是励志的典型呢！你才十七岁，花季的年龄，别那么老成忧闷好不好，要阳光快乐些。"

"是啊，我也想，生活，过慢一点，慢慢感受脚下的路，它们都是多么的厚实和坚固。慢慢感受眼睛里的树叶、小草、鲜花……它们是多么的丰富而多彩，生命是那么温柔而奇妙。一段路走了很久，依然看不到希望，就只有改变方向；一件事想了很久，依然纠结于心，就得选择放下；一些人变了很久，依然感觉不到真诚，就选择离开；一种活动，坚持了很久，依然感觉不到快乐，那就选择改变；有许多时候，必须断舍离，放下过去，让心归零。"

"呀！你小丫头心里已经有数了，我明白了，你这样的见地，我不担心你以后的路了，不过，不管以后我们在哪工作，生活在任何地方，我们都是一生的朋友。"

"好啊！哪天我们去寺庙烧个香，拜把子吧，就像三国的刘关张，做生死姐妹如何？"

"好，听你的！别看人不大，主意倒很正。"

"那是，我娘娘说了，做人要有主见，自己选的路，一定坚持下去。"

放假前夕的一个下午，乌兰达莱正在整理当下的粮票，准备用粮票换一些钱给家人买一些小礼物。她决定给父亲买条烟，给娘娘买一串佛珠，给母亲买一条方巾，给兄弟姐妹们买一点北京的特产。为此，她一个多星期就吃馒头、咸菜，怕烟玉她们看见，她每次都最晚一个去食堂，她想象着家人看见她回去该有多高兴。沉浸在想象中的她被烟玉的叫声惊醒。

"乌兰达莱，洛老师叫你去她办公室一趟。"

"没说什么事吗？"

"没有，让你务必马上去。"

乌兰达莱小跑着到洛老师办公室，洛老师让她坐下后，慈爱地说："你这孩子，典型的蒙古人性格，性子急，看跑得满头汗！"

"老师，找我什么事，烟玉说务必马上来，给我着急的……"

"乌兰达莱，你的西大作家班的录取通知到了，因为你的推荐材料都是我提交过去的，所以录取通知寄到学院来了。"

"老师，真的？"

"你自己看看！"

乌兰达莱捧着录取通知，激动得脸红心跳。

"老师，我真的考上了！"

"乌兰达莱，九月份你就去西大报到了，现在放假后回去准备学费，人家有单位的人是单位出，你没单位，只能自己想办法，两年下来好几千块呢。这个班属于成人类本科，你是特招生，不容易。"

"老师，不管多难，我都会争取去上作家班的。"

在离京前，乌兰达莱到《文艺报》和历老师告别，告知他考上作家班的事，历老师说："乌兰达莱，你们洛老师已经给我打过电话了，老师也准备出国了，因为爱人在国外。这是我和我太太给你准备的衣服和奶粉。我太太从国外带回来的，她说希望你好好学习，写出更好的作品来，她也是学中文的，我们俩是北大的同学。以后一个人在西北，照顾好自己。记住老师的话，不管多难，都要坚持，我太太在国外读研究生，她边读书边打工一路坚持了下来，现在都找到工作啦！"

"历老师，您放心，我一定会坚持的。"

"乌兰达莱，做一个耐得住寂寞的人，朝着自己的目标而去，去完成，去做到，这就是人生最大的幸福：因为耐得住处寂寞才能成就事业的成功……"

乌兰达莱回到宿舍，掏出历老师送她的笔记本，历老师在扉页上写了这样一段话：

> ——乌兰达莱，人生，是一首承载寂寞的乐章，我们
> 从寂寞中走来，也向寂寞中走去；寂寞是一种心境，淡雅

而不失其魅力；沉静而蕴含着哲理。因为有了寂寞，心底的尘埃才得以净化，灵魂的污浊才得以洗涤，良好的心态才得以造就。机遇给耐得住寂寞的人；成功与辉煌是慢慢熬出来的；只有耐得住寂寞的人，才能在机遇来临时，将它牢牢抓住。不要因为寂寞而选择一条热闹的旅途导致失败。

乌兰达莱在老师的话后面加了一段这样的话：

——耐得住寂寞，其实是一种心境，一种智慧，一种精神内涵。寂寞不是一首悲歌，而是一条不疾不徐向前流淌的江河，在迂回曲折中孕育着人生真正的成功。

离开北京时，同宿舍的雷佳、肖英、烟玉都到北京站为她送行，肖英说："乌兰达莱，到了那边有了新朋友可不能忘了我们，有空了就到北京来玩。"

"怎么会呢，我会永远记住你们的。"

回到家乡，乌兰达莱看望了父母，又到月亮湖看望娘娘和弟妹，她和小月儿一起放羊。很快十多天过去了，姐妹俩坐在鄂尔多斯山的沙丘上，乌兰达莱忧郁地望着远方，小月儿对她说：

"姐姐，你是不是有什么难事，看这两天你愁眉不展的。"

"月儿，我给你说了你不要给家里人说？"

"好的。"

"姐姐考上了西大作家班，还剩二十多天就开学啦。但我的学费还没有着落。我想明天去县里想想办法，我先去找县长试试。"

"姐，县长那么大官，你能见到吗？"

"我了解过这个杨县长，是个好官。"

"好，那你去试一试，县长官大，肯定有办法。"

第二天，乌兰达莱到县政府大楼，她怕门卫不让进，跟在一个阿姨的后面进了县府大楼，看着办公的门牌，找到了写着县长字样的办公室，幸运的是杨县长在办公室，是个和蔼的中年人，面相很和善，乌兰达莱不卑不亢地说："杨县长，我找您有点事，可以进来吗？"

"小姑娘，进来吧，请坐。"

乌兰达莱掏出录取通知书递给杨县长说："县长，我考上作家班，但没有学费，来找县长，请问我们县有没有关心贫困学生的项目？我想借点钱。"

"小姑娘，你怎么知道来找我呀？"

"您是县里最大的官！"

"呵，这个小姑娘，有勇气，你自学的事我在广播里听说了。能考上作家班是好事，但我们县历来没有资助贫困生的项目，因为小县穷，也没有办法借钱给你。这样吧，我和书记商量一下，给你补助几百元钱。我有个朋友在罗平县一家银行当行长，我写封介绍信，你去找他，看银行能不能提供助学贷款？"你下周来我这儿一趟我答复你。

"好的，谢谢杨县长！"

从县政府大楼出来，乌兰达莱看天色已经晚了，她想起了小学的一个同学罗燕家在县城，她准备去找她借宿一晚，然后明天一早到罗平县找常行长。

第二天天刚亮，她便起床准备去赶早班车，罗燕给她装了一个馒头和一个苹果让她当早饭，乌兰达莱到车站坐上了开往罗平县的班车，到渡口等了近一个小时才上船、过河，等到罗平县已经近中午了，她询问着找到了银行，已经下班了，她便坐在走廊的椅子上等银行上班，拿出剩下的半个馒头嚼起来，她口袋里只有几块钱了，舍不得买一碗面吃。

下午上班，在工作人员的引导下，她找到常行长，把杨县长的介绍信递上去，慈眉善目的常行长说："孩子，银行贷款是要担保的，你一个小姑娘怎么担保？上学贷款也没听说呀！你看这样吧，常叔叔刚好攒了两千块钱准备夏天盖厨房，今年先不盖了，借给你两千块先交学费，读书是一辈子的事，一生的前途。你将来有钱了还我，还不上就当叔叔供你读书啦！"

乌兰达莱不知用何语言表达，她满含热泪，这世界还是有温暖的，让她遇到了好人。

"常叔叔，将来我一定会还给您的，我给您写个借条。"

"不用了，孩子，一来我和杨县长是朋友，二来你是个有出息的孩子，我和杨县长一样，欣赏你的闯劲，肯努力，勇敢的拼搏精神，叔叔相信你是个人才，将来一定会有作为！"

乌兰达莱回到鄂尔多斯山，总算一年的学费先有着落了。杨县长以县里资助人才的名义批了六百元钱，这对一个贫困县来说是多么不容易的事。

小月儿搂着她的脖子说："姐姐，你真有本事呀，敢找县长。"

娘娘对她说："乌兰达莱，我的孩子。菩萨保佑，让你遇到了好人，你要好好珍惜这来之不易的学习机会。"

"娘娘，我知道了。"

剩下的假期，乌兰达莱便在鄂尔多斯山上和弟弟妹妹一起放羊，照顾娘娘，日出日落的鄂尔多斯山是那么沉静而美好，她第一次感到别离之后又见到的故乡是如此美丽。

秋高气爽的九月，乌兰达莱赶到西大报到。按校方规定，作家班的学员是不安排学校宿舍的，很多学员住学校招待所，还有一部分在校外租房子。知道这种情形后，她一下慌了神，一听招待所的费用，给她吓着了，她决定去找历老师的师姐牛老师想想办法，历老师说他特意给师姐打过电话啦，乌兰达莱开学定有自己无法解决的问题，请牛老师一定帮帮她。乌兰达莱按历老师给的地址找到了牛老师家，她说明来意，牛老师说："乌兰达莱，这样吧，我带你去找我一个老乡也是同学。她是作家班上一届学员，住在招待所，你一个小姑娘到校外租房显然不安全。我给她说一说，你和她搭伙住一间，招待所就在校内。"

看在牛老师面子上，牛老师同学林大姐答应乌兰达莱和她住，费用让她量力而行出一点，但是没铺。牛老师说她家有张小床搬过来，忙乱了一下午总算是安顿了下来。

办好入学手续和住宿手续，乌兰达莱口袋里只有二十块钱，她必须克服到下个月。临行前娘娘和兄弟姐妹们的零花钱都凑给了她，姐姐刚工作，答应每月给她三十元的伙食费，她对自己说：

"只要能读书，馒头就咸菜也要坚持下去。"

乌兰达莱在作家班是如鱼得水，在这里可以系统地学习汉语言方面的知识，作家班没课时，还可以到别的班听课，尤其是古代汉语、现代汉语部分，重点大学的老师课讲得真好，她每每听得如痴如醉，下课铃响了她还沉浸在渴求知识的海洋里。

乌兰达莱捧着饭盒回到宿舍时，林大姐对她说："乌兰达莱妹妹，以后晚饭就别去食堂吃了，我这里有电热锅，我们俩可以自己做饭吃。熬粥或者煮鸡蛋面，也可以炖一点汤。我们重点的课已经上完，我现在不忙，下午可以做饭。"

乌兰达莱望着林大姐，她知道说太多感激的话倒显得多余，这个善解人意的校友大姐，她本是名校中文系毕业，上作家班是想提高文学创作修养，所以她对作家班的课业是不费力的，更多的精力用在创作上。

夜晚，乌兰达莱坐在书桌前写下这样一段话：

> 一个人如果欲望太多，生命该如何承受重负，人生又怎能获得快乐呢？因此，在人生的旅途，追求一种淡泊，坦然面对生活对你的赠予，包括所有的磨难与不公，用平和淡定的心去看待沿途的一切。做一个真实的自我：无须虚伪、无须奉承、无须圆满、不卑不亢、不为尘俗所迷、不为物欲所困，认认真真做事，踏踏实实做人，是我的人生追求。

她非常清楚地知道摆在自己面前的路是何等的艰辛，一个十八岁的花季少女，她没有能够无忧无虑地去享受学生时光，她必须要承受生活所给予的一切，她为生存、为学业、为自己的学费已经是筋疲力尽，但她必须坚强地支撑着自己勇敢地走下去。人生所有的酸甜苦辣只有自己去感知，但这种感知对她而言是既艰难又幸福的，她要像沙漠中的冬青树一样顽强。

这天下课，班主任柳老师叫住她，等同学都走了，柳老师说：

"乌兰达莱，老师知道你年龄小没有单位，经济上比较困难，昨天有位学员对我讲她在赶长篇小说，需要请人帮她抄稿件，她说怕伤你自尊没好意思讲。这样老师做个中间人，她把草稿拿给我，两个月抄完，你看行不？你挣一点伙食费。"

"好的，柳老师，谢谢你！"

接下来的日子，乌兰达莱完成课业后，每晚整夜抄稿件，虽然辛苦，但为有一份收入而高兴。她想起娘娘说过的佛家修行的一段话：

> 忍耐是一生的修行，过程是痛苦的，结果是美妙的，不论是逆境、顺境，胸怀肚量能容事，善意化解，就会雨过天晴。忍耐是一种智慧，不是软弱、逃避，而是自我超越。

她现在真正明白这句话的含义，这对佛家讲是修行，对她而言是对人生新的领悟。

在乌兰达莱读作家班过去八分之一时间的第一个"五一"期间，她心神不宁，便决定"五一"放假时回家乡看一看家人。她先走进沙漠，走进月亮湖的湖底，可爱的小妹月儿没有领着爱犬豹子来迎接她，迎接她的是满头白发的娘娘和弟弟宁儿，小豹子跟在他们身后无精打采，看见她走过来用头蹭一蹭她的腿就走开了，进屋后她迫不及待地问娘娘：

"娘娘，月儿呢？"

一向持重平静的娘娘突然大放悲声。

"我的小月儿呀！她没熬过一劫，达莱呀！你永远见不到你小妹啦，她永远地睡在沙丘里啦！"

乌兰达莱无法相信，小妹，一个鲜活的生命就这样消失了，娘娘说小妹生病在医院没有抢救过来。

晚上，她久久不能入睡，坐在桌前写下了两篇文章，可想而知她内心是多么的伤痛！

小 妹

我曾经多少次在月光下给你讲月宫里嫦娥的故事。每当此时，你总是手托着下巴，用黑亮的眸子灼着我的心房。姐妹四人中数你的眉毛最好看，如柳叶一般，尤其是你凝神听我讲故事时的神情，时时印在我的脑际。呵，小妹，你为什么不等我归来？屈指算来，你离开人世已经整整一百二十天了。你只活了十四年。十四年的生命旅程实在太短暂了，在这十四年里，我离开你只有一年，你竟永远离我而去！隔山隔水能相见，而隔了层黄土就永远了。夜深人静，想起孤零零躺于沙地里的小妹，怎么能不使人肝肠寸断？小妹，你听到姐对你的呼唤了吗？

去年夏天，我又回到了我们共同生活过的沙漠。一见面，你张开双臂扑入我怀中，头抵着我的脑门说："二姐，我可想你啦！只怕你上大学再也不回来了，我和小哥、娘娘在沙漠里可孤独了，整天盼着你早点回来……"说着你把小手伸进衣袋掏出一把杏干。

"二姐，这是娘娘前天给我的杏干，给你吧！"

我接过杏干，泪水顺着面颊流下来，一辈子孤苦伶仃的娘娘，而今只有小妹小弟陪她。娘娘对我们的爱丝毫不低于母亲。我望着小妹被阳光晒得黝黑的小脸和黑亮的眼睛，忽然想起一件很遥远的往事，我揽住你的双肩盯着你的前额说："小妹，你记得不？你三岁的时候我逗你玩，失手把你从炕上推下来，你前额撞在柜角上流了好多血，后来结了一块很大的血痂才退去，你恨不恨我？直到现在我都记着，总觉得对不起你，幸亏是小孩，没留下疤痕……"你摸摸前额甜甜地笑了："二姐，你看我额头不是好好的吗？你总是把小时候的事记得那么清楚，妈说你逗我玩失手把我推下去的，不就是受了点疼嘛？你怎么见面先说这个？我老想你给我取名字的事。"

你沉思了一会儿又说："我六岁了你们还叫我小四，有一天晚上我扯着你胳膊让你给我起名字，你看看月亮又看看天，说就叫月儿吧！你说我是月亮和蓝天。当时，大姐夸你想象力丰富，说不准有一天能当作家呢！现在你上了大学，人家都夸你很能干，是小作家，作家干吗不老待在家里，还要去那么远上学？我不想让你走……"

你一口气说完这些，小脸涨得通红。三妹在一旁说：

"小妹你真笨，你以为作家是坐在家里的，人家作家是写文章的，你知道不？"你立刻噘起嘴不说话了。我知道你又感到自尊心受了伤害，忙打圆场："三妹不准说小妹，小妹一直待在大沙漠里怎么能知道什么叫作家呢？小妹别生气。"你甜甜地笑了，脸上露出两个小酒窝："二姐好，三姐不好，老说人家笨！"我们都笑起来，走进小屋里去……

我怎么又能够想到，那次和小妹一个月的团聚竟成了永别。我该何处去寻你？小妹，如果以我的死能换你的生，我会毫不犹豫地去死。可是，世界上唯有生命不能交换！我仰望长空而泣，永远得不到回音。

"二姐，沙枣快熟了，我盼它别熟，沙枣熟了你就要走了，是娘娘说的……"我正在给羊和骆驼饮水时，你就站在旁边望着我说着这样的话，我听了心里有一种说不出的滋味。我望着慢悠悠向沙漠深处走去的驼群和正在饮水的羔羊，心里一阵阵绞痛……又有谁能够想到一个十三岁的小女孩伴着牛羊的凄苦、孤独呢？我想想我和你曾在一起度过的五年沙漠生活：冬天的雪，夏天的酷热和秋天的寒霜……小妹的这些苦，我知道得很深，很深。你没有进过学校而是伴着羊走进了沙漠。我望着小妹很久很久才说："小妹，不要难过，放假后我一定会回来看你的，二姐不会忘记小妹的！"我该向小妹说些什么呢？我又能说些什么？

沙枣熟了，我也该回学校了，在我动身的前一天，你一直没有给我一个笑脸，只是呆呆地发怔，恋恋不舍地望着我。我给你做了可口的饭菜，你一口也没有吃，连看也不看。晚上你和我睡一个被窝，脸贴着我胸口嘤嘤地哭了好久。我哄你劝你，可自己也止不住泪如雨下。

早晨，你端来一盆沙枣。

"二姐，我把沙枣晒过了，不会烂的，你带到学校去给你的同学吃，我们这里的沙枣甜……"然后，你把沙枣倒进你不知什么时候已缝好的小布袋里，扎好口，装进我的大包。

你赶着羊群为我送行，还替我牵着马缰，我们又一次投入大沙漠中，而我是通过它走出去，你却还要伴着羊群。临别之时，我背过脸擦去满脸泪珠，你却安慰起我来："二姐，不要难过，明天小哥就要来和我一块儿放羊，你好好念书，我们都很高兴，没钱花时给家里来信，每天记着吃饭别饿坏了，衣服别忘了买，大城市里的人看不起穿旧衣服的人……"

多懂事的小妹！我想对你说更多的话，却说不出口。我两步一回头，以至于白马也为之怅然，对着辽阔荒寂的沙漠长啸一声，而后折转头，使我能够再多看你一眼。小妹，你静静地立在沙丘上向我招着手："二姐再见，到了学校来信！"

我走了好远，再回头，小妹你还站在高高的沙丘上眺望着我。此时，你的身影那么小，那么孤单，那么凄凉……

　　我再一次回到沙漠，已是今年的夏季。一年了，我多想向你诉说我的委屈，得到你单纯的理解。这个世界，本来就有许多的不公正，我相信小妹你是了解我的，更会理解我的。尽管这种理解很单纯，但我已是很满足。可是，我却永远见不到你了，迎接我的是亲人的悲泣："达莱，月儿病重送医院，第二天就去世了，怕你受不了打击，影响学习，一直没告知你……"

　　如晴天霹雳将我击倒在冰冷的沙地上……当我醒来时，眼前一片迷茫，人生世界竟是多么艰难！小妹，你能够再睁眼看一看我吗？我虽迈进大学校门，但并非处处顺心。可比起你来，就幸运得很了。命运之神对你太苛刻！你的笑声，你的歌声，还有每到冬天那冻裂的小手……这一切一切我再无法听到见到。我的泪浸湿你坟头的沙土，却无法再能听到你对我的呼唤！我再也不能为你缝补那被风和树枝划破了的棉袄，我千里迢迢带给你的衣服你却不能够穿上。

　　小妹，当我蹒蹒跚跚地走在小路上，耳边不时回响着你的声音：二姐，我多想永远和你在一起，你怎么还不回？你又瘦了没有？我们的小牛犊子已经长大了……

　　昨夜，我梦中见到你，小妹还是原来的样子，只是望着我久久地笑着，我问你，你只是摇头，没有说一句话。你笑望了我许久许久，而后转身离去。我唤你，追你，却唤不应，追不上，你难道一句话也不愿和我说吗？后来，你又走向我，凄然一笑，久久地注视着我……

一年后，在学校的书桌前，乌兰达莱又为小妹写下一篇《安魂曲》，这篇文章在国外获奖，她带着对小妹的思念，漂洋过海，走向遥远的国度历时一月有余，这是她人生的另一番情景。

安魂曲

小妹，今天窗外是下着雨的，我望着雨从楼顶上滴下来。心开始绞痛起来，接着便是泪水顺着面颊滑下来。录音机里传出的曲子是我专为你放的，我知道这么远你也许听不到，我的内心渴盼你的灵魂能来让我再见你一面。小妹，因为你的离世，使我选择了本不属于我的远方，而使我之伤痛由背井离乡之苦来愈合。

一年了，这一年来我时时都在沉痛的心境中度熬着。小妹，你竟离世沉睡在沙漠里一年了。这世界竟是这么小，而生与死竟是只有一线之隔，假如还有来生，我乞求上苍能把你留在我身边，让我用百倍的爱来弥补今生。

我原本是打算放假就回家的，在周年化一些纸钱给你。据说人死后是有灵魂的，死后的灵魂也需要钱，需要一切，和世人一样活动，所以活着的人总要给死去的人烧些纸钱，不至于死者在黄泉路上穷困。尽管我对这一说法一直持怀疑态度。可是我总想这样做。小妹，姐姐是在安慰我失去你的痛苦的心吧！

去年，也是今天，我独自一人孤单来到这座陌生的城市实习。在我苦苦奔波的时候，怎能相信小妹你会离我而去。永远，今生再也不能见一面。

我归去的时候，是满心欢喜的。一个人无论在外面受多少苦，但一想到马上回到亲人身边，有一个温暖的家等着你，一切的忧愁哀伤便也抛之脑后了，我想着小妹见到我给你买的红衬衫准是会高兴坏了，姐姐是学生没有钱，只有每次回家用可怜的一点稿费钱给你一件小小的礼物，你不会介意，姐姐给你一个装饰纽扣你都会珍藏起来的。我怎么能想到我进家门才知道你已离世，亲人们没有把你的离世告诉我，是怕我受不了打击而我在外同时也是被大家担心着的。

小妹，我晕倒在沙丘上的一刻，你是否能够知道姐姐对你的离世是痛到心尖的。如果我的死能换来你的生我会毫不犹豫接受，只恨世间万物皆可交换，唯生命不能换。

记得吗？小妹，去年我归去的时候，你是张着双臂扑向我怀里，小脸因风吹日晒而黝黑透红。我拉过你看了好久，一年不见，你又长高了，差不多快和我一样高了，眉毛像柳叶儿似的，小辫子黑得像墨。猛然发现你的身材竟是这样好看，朴素的衣服穿在你身上使我感觉到一种纯净，哦，小妹你在我眼里的美是用任何东西都无法比的。

我抚摸着小妹的头说："小妹，你越长越好看，十三岁就这么高，咱们家呀，就我长不高，也长不好看，真是不公平！"

"二姐，谁说你不好看，人家都说你是才女，是我们家的骄傲。娘娘一说起你总是很高兴的样子，广播电视里也表扬你……"

小妹你说这些话的时候，脸上是得意之色。我知道我有一件高兴的事你会比我更能体会到。那一年，我准备到北京读书的时候，爹是很不乐意我学文科，你对爹说："爹，让二姐去念书，这几年她天天熬夜看书，写字，好不容易熬到考上大学，你不让她念书，她心里很难过，背地里偷偷哭，我会干活，爹，你让二姐去念书吧！"

临走时，你把爹给你的零用钱装进不知你什么时候准备的小钱包里悄悄放进我的包里，把我没有叠好的衣服都重新叠了一遍。这些到学校我才发现。我知道，只有你才会这样周到，尽管你是个孩子，但过早的懂事得惊人。

那一年，你只有十岁，却和我一起背负起了生活的担子，不是爹妈愿意让我们受苦，而是艰难的生活，我又该怪谁呢？为了抢回刚掰的玉米棒，你我都淋了个透心凉，西北的秋雨是沁人心骨的。小妹你瘦小单薄的身子在发抖，嘴唇发白。我忙给你换上干衣服。摸摸你的额头，烫手，一看你迷迷糊糊地闭着眼睛喘着气，我吓得慌了手脚，找退烧药，毛巾敷，握着你的小手眼泪直往下落。不是我不坚强，超负荷的担子压在我身上我又向谁去诉说，小妹你的昏迷我怎么能不揪心！

半夜的时候，你睁开双眼，我忙给你端来熬好的粥准备喂给你。你却用手推开，只是用只有我才懂得的眼神望着我，我忙转脸不敢去看你，我害怕你的这种单纯而又含愁的眼神，使我心碎。

"二姐，你不要哭！我明天病就好了……我们春天种的葫芦南瓜长得……有锅盖那么大了……明天抱回来晒在房顶上……你最喜欢吃葫芦了……"

"小妹，二姐不哭啦……小妹是乖孩子……"我勉强地挤出一丝笑来。

"二姐，你给我讲个故事吧！"小妹喘着气说。

"很多年以前，有个村庄，有一对兄妹相依为命……"

我只能给你讲这样的故事，更深的情节小妹你领悟不了。因为你太小了，我看着你微笑着在我讲故事中睡着了，小脸红扑扑的。我惊叹于你的忍耐。这一夜我坐在你身旁看着你整整一夜，晨光照进屋里来的时候，我才长长地松了一口气。

小妹，你是个爱干净整洁的孩子。那年寒假我又回到我们在一起相依为命的小屋。令我惊诧的是它竟变了样，屋顶一丝灰也没有；墙上多了几幅画，在柜角上方的镜架里的照片显得很别致。里面有我在八达岭长城上的一张留着辫子的照片，还有姐姐的、妈的。你扫得干干净净。锅碗都整齐地摆在一起亮得照见人。

"二姐，这是谁？"小妹指着我的照片说。

"我呗，我连自己都不认识了吗？"

你调皮地眨眨眼睛："就怕有一天你连自己都不认得

了，读了书就忘了我们和这里，那不等于不认得自己了。"后来我躺在炕上睡着了。在梦里时想你说的话，才悟到这原来是一句既简单又深奥的话。

"二姐，你给我照的那张照片洗了没有？我想看看是什么样子……"忽然你坐起来说。

"洗了，没拿回来。"我轻描淡写地说。

你仿佛被我的这种不在乎刺伤了心。轻轻转过脸去不再说话。我想对你说因为忙。只有一张留着想你的时候看，下次去了一定放大一张给你带回来，但却说不出口，小妹，在你面前我没必要为自己辩解，这辩解是没有理由的，我万没想到，等我再回到家时带着给你放大的照片你看不见了。小妹，我真的想不到，打死我也接受不了这个事实。

今夜，我无法闭上眼睛，捧着这件已很旧的衬衫，那是我刚到北京读书时的第一个夏天回家。一个月明星稀的晚上，我们在院子里乘完凉回到屋里，我摊开稿纸准备写东西。

"二姐，你一回来，屋里到处是书啦，纸啦，还有你的衣服也是不叠好，往炕角一塞。"你一边叠着我的衣服一边说。

"怎么，讨厌二姐了，是不是盼我早点走。"我打趣说。

"怎么讨厌你了，才不想让你走！"

我高兴得手往胸前一抱。准备和小妹长谈一次，忘了笔,一下胸前弄了一团墨,我笑起来。

"二姐有时像个傻瓜,娘娘说你是书呆子,就知道念书。"

我脱下衣服往炕角一丢。不再说话开始写东西,很久抬起头来,你竟在那里一针一线地在我那件染了墨迹的衬衫上绣一朵花儿。白色的衬衫上有这第一朵花儿可真是好看。你还没咬断线头我便抢了过来。

"哇,我们的小月儿,我今天才知道你有这一手!"

小妹你绣的是一朵沙枣花,粉色的花瓣,黄色的花蕊,配上淡绿色的花梗正好地将墨迹掩盖了,我忙穿上在炕上打个跟头,有一张稿纸粘在脊背上。

小妹,这是多么遥远而又多么近的事啊!我用衬衫捂住脸,任凭泪水流下来。我开始眩晕。迷迷茫茫中我见你向我走来,我向你奔过去。你既没有微笑也没哭泣,脸上的表情平静得使我几乎不敢与你相认。你满含期待的眼神望着我,我想张口却发不出声音。

"二姐,你一个人在外,多保重,我知道你是倔强,能吃苦的,小妹盼你一切都好。"

小妹,你走了,永远不再回来,十四年来我们曾经历了多少别的孩子没有经历的磨难。可你在人世上只停留了十四个年头便匆匆而去。我思念家乡而怕归去,看到那里的一切我不能不想起你,你知道姐姐是以多大的承受力来承受这一切,把你甚至是更多的辛酸深埋于心里表面平静,毕竟,理解是不易得到的。

　　小妹，姐姐为你放的这首《安魂曲》不知何时结束了。
你若在天有灵，是否常来对姐姐诉说你的忧愁，姐姐时时
等着你在我梦中出现。

　　乌兰达莱知道，她只有将对小妹的思念埋在内心深处，没有人
能够理解这份痛，对她而言，这将是一生的痛。

第八章

还有一个月就放假了，一年的学习生活也将结束，对乌兰达莱而言意味着更多的艰难，下一年的学费还不知在哪儿呢。

她正忙着背书，牛老师进教室对她说，让下午到她家吃晚饭。有事和她说，这一年历老师的同学牛老师对她很照顾，她住在学校宿舍，一两个月才回咸阳的家一次，孩子也放在婆家，所以，一两个星期她会让乌兰达莱到她家吃顿饭，平时忙她也吃食堂。

牛老师这晚特意包了饺子，还拌了两个凉菜，乌兰达莱买了一些水果，牛老师说以后不准买了，一个学生一分钱都是掰成两半花的。

饭桌上，牛老师对她说："乌兰达莱，我们班有个学生她想提前工作不想在这读了，她准备转学到南甘州大学插一下班就毕业，说作为计划外招生学生转过去参加了毕业考就找单位工作了，是专科。我想到你不是愁学费吗？那边虽然是计划外学生，但是是全日制。如果有单位要可以先分配过去转正，你这边虽然是本科，但是成人教育，找单位比较难解决工作转正问题，加之你学费问题也是个难题。如果你能和她一起转去毕业有个单位先转正，然后再考本科带职上学不是更好吗？我觉得这是个好机会，你想好了，我和这个学生谈让她把你带着一起转过去，这边我帮你办，那边一切由她负责办理，你过去考试就行啦！我这个学生人挺不错的，她这边都是我帮她办转学找领导，我说了你的情况她会给我这个面子。另外，刚好我有个同学在 A 市的人事局工作，前段时间还向我打听有无优秀生，到时候我推荐你去，看能否你毕业了到他们地级市工作。先解决了吃饭问题，然后再好好发挥特长写文章呀！"

"牛老师，不用考虑了，就这样定了，我转学到甘州大学插一下班，今年就毕业找工作吧！这，对我来说，是最好的选择了。"

"就是可惜了，好不容易考上本科。"

"没事的，牛老师，有时候，必须得做出选择，对我而言，已经很幸运了。真的是非常感谢您，处处为我着想。"

"乌兰达莱，历老师给我讲过，你不仅仅是有才气，关键是你为人朴实无华，善良真诚，从你的作品中体现了你的人品。这一年下来我也有同感，来自沙漠却不卑不亢，你以后的路还很长。记住老师的话，对一个人而言，才华是一方面，但德行是立身之本，我们要先有德而后才能立于世间。"

"牛老师，我一定记着您的教诲，好好地做人做事，不辜负您和历老师的厚望，两位老师是我生命中的贵人。"

回到宿舍，乌兰达莱坐在桌前思考了许久，想起出家的娘娘，想起她讲的佛理，她在日记里这样写道——学佛不是让我们变成一个与众不同的人，而是让我们做一个正常生活的人、一个善良的人、懂得用佛学降伏自心，调柔安静、消除贪婪、傲慢、嗔心等烦恼，有正能量的人，对社会有贡献的人。

父亲希望她和姐姐一样去学医，或者学习技术。娘娘却对父亲说，现在都九十年代了，孩子的志向是当一名作家，好不容易努力到这一步，就让她去念吧。这样，乌兰达莱才得以在全家的支持下去了北京鲁院读书，一年多过去了，而今面临这样的选择，她不想与家人商量了，她自己决定了自己的前程。

在牛老师的帮助下，转学的同学李彤把她和乌兰达莱的转学手续一起去办，牛老师和李彤达成一致，西大这边手续有牛老师一手办好，甘大那边由李彤一手办好，乌兰达莱只参加毕业考就行。乌兰达莱相信牛老师，所以自己就安心复习面对考试。

这天下课，林姐做好了饭，吃饭间她对乌兰达莱说："妹子，我有同学说晚上带个朋友过来给你认识一下，是你们老乡。"

"哦，男的，女的？"

"男的。"

"林姐，男的就算了，我现在很忙，洗了碗去教室复习呢。"

"碗我来洗，你就在宿舍复习一会儿，然后我们去边家村吃烧烤羊肉串，我同学已经说好啦。"

"不行，碗我必须洗，人不能不自觉，你做饭已经很辛苦，早上打扫宿舍卫生，晚上洗碗的活说好我干的。"

"好吧，你是个原则性强的孩子，但今晚必须去，认识个老乡有什么不好，人家是政治学院的，带职就读军官。"

"好吧，林姐。听你的。"

晚上林姐的同学带了乌兰达莱的老乡来，同学介绍说他叫黎楠，林姐说："达莱妹妹，叫黎楠大哥吧，人家比你大六七岁呢。"

黎楠伸过手说："握个手吧，小妹妹，听说是沙漠里飞出的凤凰、小才女，佩服、佩服！"

乌兰达莱羞怯地伸出手去，这是她第一次和一个男人握手，之前在沙漠里生活几乎不见人，娘娘还准备了一把蒙古匕首让她带着防身并交代她女孩子在沙漠草原上碰见陌生人不要讲话。她每天面对的就是弟弟宁儿和月儿，宁儿就是她的保护神。上学后，学业加生活的艰难她很少和男同学交流，她又是班里最小的学员，和那些大人总觉得没多少话讲。

回来的路上，林姐说："妹子，那个老乡怎么样？"

"看着长得挺帅，感觉有点浮躁。"

"小丫头，人不大，心倒细。"

很快，放假了，乌兰达莱也准备到单位报到，牛老师已经托她同学在南方的地级市给她安排好了工作，档案关系已转到当地人事局，牛老师对她说："乌兰达莱，我同学说已经安排你到市政府文书科工作，虽然可能不是你理想的工作，但先锻炼锻炼再说，我已经和同学讲了，先工作，等有机会有成人学校招生，你带职去读本科，你迟早是要做文化工作的，市政府对你只是暂时过渡，我同学同意啦，说一定帮你的忙。奇怪了，你命好，同学看了你的作品就说文如其人，你的文章很感动人，所以，是你的人格魅力赢得了很多人的帮助，去年我给介绍了个人去工作人家没看中，没想到，对你，是特殊照顾，好好珍惜这个机会。"

"牛老师，我一定好好工作、学习，不辜负您的期望！"

"你这孩子，怎么眼泪又来了。老师有你这样出色的学生很自豪呀，你看你的古代汉语学得多好呀！我教这门课几年了，像你这样的学生可不多见。悟性、理解力都很好。"

一晃，几个月过去了，乌兰达莱在南方宁阳市政府文书科上班，很是忙碌，她每天早早地到办公室，打扫干净办公室，提好热水，对行政工作她不是很喜欢，但是她明白，人不一定都能干自己喜欢的工作，生存是第一位的，她必须要求自己坚持下来，她记着娘娘的话："当一天和尚都要撞一天钟！"无论干什么都要尽责地认真向前辈学习，努力地干好领导交代的工作，不卑不亢地待人处世，尽管她对枯燥的文书管理写作非常的不擅长和没有兴趣。

半年后，鲁院同学烟玉给她来信说，希望她还是继续深造，说许多大学都在招成人班，很多人都在在职学习，乌兰达莱给牛老师写信，牛老师说她和她同学联系看能否单位同意她去考，并说她会帮她看能考哪些学校的成人班。

两个月后，牛老师来信说，她已经帮她打听到，北京的传媒大学在招成人本科，这个比较适合她，学费比较低，算下来她带职的工资还能应付下来，并且在校一年，实习一年，但要求是必须有电视台或广播电台推荐才行，原则上是为广播电视系统培养继续教育的。牛老师找了她在广东某市电视台做台长的校友，她答应推荐并愿意接收她毕业之后到他们台工作，牛老师说让她去沟通一下，把她的想法和领导谈一下，希望能得到帮助和理解。

乌兰达莱找到牛老师同学，很诚恳地说：

"领导，我真的是还想继续读书，我的情况您是知道的，我的理想是当一名作家。可能这只是奢望，但多学习是我渴望的，等再过几年年纪大了，就没有希望了……"

冯局长被她的诚恳打动，对她说：

"乌兰达莱，你还不满二十岁，读书深造是好事。再者，我觉得市政府的工作也不是很适合你，我和你们领导关系不错，我出面给你协调一下，让你去考，考上了就去上，我们就当培养人才做贡献啦，国家现在也有政策，特殊情况特殊对待，争取今年转正了，有个干部身份以后就好办了。"

第二天科长通知她，同意她去考学并且说尽量给她少安排点工作，让她腾出时间复习。牛老师已经托人从传媒大学给她买了复习资料。

乌兰达莱欣喜若狂，她又能有机会去读书，这是她人生最大的幸事，对渴求知识这一点她是超乎热情的，她必须努力地抓住每一次的学习机会。

接下来的几个月，乌兰达莱除上班外，其余时间都埋在复习资料里，她暗下决心，一定考上传媒大学。不仅学新的知识，还要拿到本科文凭。

五月，她到北京参加了传媒大学的招生考试，考完试到鲁迅文学院看烟玉。这才知道她们宿舍的只有烟玉在读书，肖英她们两个因为种种原因退学了，回家乡上班了。

烟玉说："小丫头，你是运气好，努力又有历老师他们贵人相助。她们俩就没那么幸运，单位说不回去上班就开除，我也差点读不成，好说歹说弄了个停薪留职，好在还有一年就毕业了。你若考上了，我们周末就可以见面啦，传媒大学离我们这儿五站的车程，方便得很，只是你读本科啦，我是一专科，还是函授的。"

"谁说，你这个大专班是特殊人才呢？我当时是没有办法，一个农家孩子，为了解决工作、饭碗的问题，只能是拼命往前走，我的理想就是想当一名作家，写人生。但是得先养活自己，才敢谈理想呀！"

"是啊！我真佩服你，人不大，有想法，肯努力，又务实，不空想。现在看来，你的每一步都是对的。"

"现在还不知道能不能考上，我也只能拼一拼，这几个月累得头发都掉了许多，为省时间常啃冷馒头，热饭都没吃几顿，真想念家乡的热汤面呀！"

"就凭你这股拼劲，一定能考上。"

"我也是为文凭呀，另外可以多学点东西，想改变人生，可是一件不容易的事。"

"走，今天姐请你去吃好的。"

"你一个学生，请我吃什么呀，别浪费钱。"

"你忘了，我有男朋友供呢！"

"你可真幸福！"

"给你也介绍一个吧！"

"别取笑我了，我可没这个福气。"

"其实，你靠自己最好，将来有选择的空间，我若以后不和人家结婚就成了没良心，我为了报人家的情，毕业了必须回小县城去。而你却可以天高任鸟飞啦！"

"其实在哪儿生活不重要，关键是和自己喜欢的人在一起。"

"傻孩子，过几年你就不这样想啦！爱情这种东西，也许就是最不靠谱的，你付出真心对待的，不一定有回报。"

"我若有个真心等我的人，我肯定会真心以待的！"

"但是，我们怎样才知道真心假心呢？"

回到宁阳，乌兰达莱一边上班，一边焦急地等待。她天天跑收发室，问有没有自己信件，连收发室的老大爷都笑她痴傻。

一个多月后的下午上班时间，乌兰达莱刚进市政府大门，听到收发室大爷喊她："乌兰达莱，有你北京的信！"

"大爷，谢谢您！"

"我看你这孩子天天来问有没有北京的信，虽笑你痴，但定是有重要的信件，所以留意着。今天见有北京的信，我就瞅着看你来了当紧的叫你呢。"

"谢谢大爷！"

乌兰达莱一看信封面是中国传媒大学的，她手颤抖着撕开信，是传媒大学的录取通知，她小跑着进办公室，刚好迎见科长："这个乌兰达莱，什么高兴的事，满头大汗，满脸通红！"

"科长，我考上了，考上传媒大学啦！"

"来，到我办公室一下。"

让她坐下后，科长说："乌兰达莱，你先不要激动，别声张，你还不知道，我们这工作一年又去读书的，从来没有过。你是个特殊情况，是人事局长给我打了招呼我才同意你去考的，所以得想办法让你去上。到时候你去上学吧，剩下的事情我和局长商量再出面协调，我们就当是培养人才啦！"

"科长，该我担的责任我担！"

"你个小屁孩能担什么责任？懂得感恩，不忘恩负义，好好做个君子吧。"

"好的，好好做个君子吧！"

经过协调，在牛老师同学和科长的帮助及乌兰达莱的努力下，单位同意发基本工资让她带职读书，她终于如愿以偿到传媒大学报到。开始了她的学生生活。

这个文艺编导班的学员和作家班的完全不同，年龄也是大小不一，乌兰达莱又成了最小的学员，这些来自全国各地的电视台的主持人、记者、编辑，在当地小有名气，只是为了文凭来镀金，有一个特点不像作家班操各种口音，都说普通话，女学员穿得时尚，男学员精干，让乌兰达莱感到新奇，和她一个宿舍的是都比她大的，一个是北方电视台的女主持云雅，另外两个也是电视台的编辑。

烟玉来看她，两个人走在校园里，乌兰达莱说："我老是和那些中年人做同学，真的好没朝气呀。"

"你有朝气就行呀！反正你也是个和你年龄不相符的人，瞧你与人打交道的本事，真是高情商，小小年纪能感动那么多贵人帮你，一步一步地走到今年，不容易。"

"所以压力大呀，好好做人，好好学习，这些同学身上都有我学习的地方，老娘娘说一定看别人的长处；历老师说要学会欣赏别人的优点，常找自己的缺点。"

"哈哈，看你的样子，我一点都不担心你以后的路。现在好，上学不愁学费和生活费，就安安静静地学习，业余时间写写东西。总是好的，这两年你发表的东西不多呀！要努力，不能放弃自己的理想！"

"是啊！这两年忙学业，忙工作，今年计划在校这一年一定写个长篇出来，实习的一年也很忙，估计没有多少时间写小说。"

"写好了，我先看。"

"好的。"

文编系的课程，乌兰达莱最喜欢的是名片欣赏，一周有两个下午的课是名片欣赏，乌兰达莱看名片如读一本小说一样痴迷，她每节课都是第一个到场，同学们都笑她是名片痴。

秋去春来，传媒大学一年的课程很快结束，夏末的考试结束就进入往后一年的实习。这一天考的是音乐欣赏，乌兰达莱对这门课一直排斥，考试时答了会的题，觉得能及格就行，看交卷时间还早，她便拿出小说本写起来。

"乌兰达莱，你给我站起来！"

一声断喝把乌兰达莱从小说里拉了回来，她惊跳着站起来，抬眼看见的是音乐欣赏老师怒气冲冲的脸，老师拿起她的小说本对着全班同学说："同学们，你们看看，你们班这个同学考场上写小说，这是什么学习态度？今天不管她题答的如何，我都不会让她及格，必须补考，看你缺了我的这门成绩，能不能毕业？太不尊重老师啦！"

乌兰达莱恨不得地上有个缝钻进去，眼泪在眼眶打转，这下人丢大了，以后有何颜面见人？她都不知道怎么被云雅拉着回宿舍的。

云雅说："乌兰达莱，老师也是给你气坏了，这次的考试是列入毕业成绩的，除实习鉴定和论文在实习一年后写，其他文化课成绩都在这学期结束考试完，你就是再排斥的课，也不能在考场上写小说呀。若老师把这事给系里反映，那就糟了，我下午还是陪你去找班主任请他出面给音乐欣赏老师说说情，千万别影响你毕业，你这孩子，聪明人干个傻事！"

"云雅，谢谢你！我没想到会被老师抓住。"

下午云雅陪乌兰达莱找到班主任老师，向班主任说明情况，文老师说："我带你们去找音乐欣赏余老师，真诚地道歉，相信她会原谅你。"

见到余老师，乌兰达莱给余老师敬了个礼把余老师逗乐了，她说："真害怕毕不了业啦？其实我早知道你对这门课排斥，每次上课都打瞌睡，我在校广播里听过你写的文章，欣赏你的文才，对你睁一只眼闭一只眼，没想到今天在考场上写小说，算了算了，看在你和我女儿一般大的分上，文老师又亲自带你来，我饶了你啦，你看看你的考卷，刚勉强得了个及格。"

"老师，她其他功课都在九十分以上呢！"

"那就好，不要因为这门课影响毕业。"

从教学楼出来，才算松了口气。

云雅说："又是你运气好，文章写得好真不错，又恰好被老师听到，她若不放过你，你可惨了，毕不了业，回去单位怎么交代？说不定还得赔钱，那可把帮你的人害惨了。所以，以后凡事要谨慎，还是年轻呀！"

考试结束，临近分配实习，系里原则上是回原单位实习，也可以自由选择单位实习，云雅对乌兰达莱说："乌兰达莱，你还是到我们北方的电视台实习吧，一来你委培的单位离省城远，我觉得长远考虑，你是北方人，在北方实习好；二来我觉得你还是在北方找工作单位比较好，以你的能力和水平，都不是大问题，至于你以前的委培单位，牛老师说都是为帮你就业和这次上学。你毕业后回去向他们说明白，请他们网开一面放你走应该都能办到呀！"

"说是这样说，但是办起来怕没那么容易，不过到时候我会耐心地和他们解释，感动他们，请他们先同意借调，慢慢做工作吧！"

"我就喜欢你这不卑不亢的为人之道，自尊自强。又待人真诚，我那个名片欣赏的评论文章若不是你给我修改，很难过关呢。你又不图回报，就凭这，我们一辈子的朋友，做定了。"

"云雅，本来我是很想回家乡的电视台实习的，可以多陪一下娘娘和看看家人，前段时间收到黎楠大哥的信，他说想和我成个家，另外他正努力调广东呢。这样的话我可以考虑你后来的建议去广东电视台实习，离你实习的南方台也近，咱俩虽然关系好，但也别在一个单位实习，人，要有点距离感才长久，我也不能让你老关照我，我自己也试试独立，对吧！"

"好吧，你总有你的主意，那你就去系里开推荐实习的介绍信吧！"

"云雅，你说，我若以后想留在广东工作行不行？听说现在很热门，我怕找工作难。"

"你到时候先自己努力，像你这种有文学成绩又是名牌大学毕业的学生，是人才，绝对没有问题。万一不行，我可以找我叔帮忙，我叔看过你写的文章，就你的才华，到他们报社文艺部当副刊编辑或记者都可以呀；南方正在吸引人才呢，这也不叫走后门，叫推荐人才。"

“你叔叔是做什么工作呀？”

“我一直没对你说，现在就咱俩这感情，我告诉你，我叔叔被改革的春风吹到南方去了，在南方一家报社当总编辑。”

“你这家伙，可真低调，这么有来头的叔叔。”

“他们是他们，我是我，我当初可是靠自己考进电视台的。我欣赏你说的话，靠自己最牢，我希望将来我们靠自己闯出一片天地来。”

第九章

九十年代初的广州，经济、文化都处在腾飞复苏的阶段，很多内地的人到广东打工，莘莘学子也纷纷南下闯广东，希望自己的才学有用武之地。

乌兰达莱来到广东电视台实习，云雅在南方电视台实习。周末便可以见面。云雅是个仗义的人，她是因为乌兰达莱到广东她也选择来南方，按她的话说，一是陪好友，二来在南方多点见识，她是不会离开北方的，家在北方，根也在北方，是典型的家乡宝。

关于乌兰达莱和云雅在广东实习和生活的这段经历，云雅在一篇小说里做了详尽的描写，在此把这篇小说摘录了下来，为这份真实留下永久的记忆。

太阳花

下午，我坐在办公室里抱着胳膊龇牙咧嘴。右臂的疼痛病又犯了，已经好几年了，每到冬季，右臂便会从手腕开始，直疼到肩膀，这种痛使我的心情很糟，我是用右手写字吃饭的人。

"云雅，你的挂号信。"

我抱着右胳膊下楼，签收了信件，这是从北京发来的信，我忘了疼痛，飞跑上楼。双手颤抖着撕开了信封，一张照片滑落下来。一个年轻姑娘冲我微笑着……几年啦，我不敢相信自己的眼睛，她依然还是这样的表情，我的同窗好友，她的故事让我一直不安，我不知道她在这几年中是否已经抹平了伤痕，几年前她是用多么真、真的让人感动的行为对待她的爱情，对待她所爱的人，然而现实和人的残酷是怎样击碎了一个二十二岁少女的心……

也正是因为故事的真实，让我一次又一次地不能下笔，真实的故事叙述起来有多么难，它会让作者时时地心痛。

我的思绪回到了多年前的传媒大学，我考取了成人本科班，当时班上的同学多是在各省市较有成就的广播、电视名人。只有我们五六个是刚大学毕业工作没多久又考取的，因此在学习上非常谦虚、用功。我是除吃饭、睡觉外全部精力用在学习上，怕对不起父母，对不起自己。

这是开学半个月的一天下午，我在蚊帐里看书，敲门声响起，我把头伸出蚊帐，我看到一个提着行李，满头是汗的女孩站在门口。

她说："我叫乌兰达莱，是来报到的，因为别的事耽误了报到。"我心里有些不屑，哪有开学半个月才来报到的理由，对自己的学习这么轻视的人有什么出息？表面上还是很热情地帮她把行李拿进屋。我说："你来晚了，现在只有一张上铺了。"她说："有地方住就行了。"我就帮她把行李抬上上铺，看她年龄和我相仿，便很热心地帮她整理好床铺，然后请她坐在我的床上休息一会儿，这时我才仔细地打量起她来……

黑黑的眉毛，黑亮的眼睛，翘翘的鼻子，稍稍厚的嘴唇，可爱的是，眉心还有颗痣，一身素净的衣服，看上去清秀可爱，朴实之中透着灵气。她说："因为回原单位办理带职上学的手续，报到来晚了。本来开始还想继续考作家班，我觉得作家不是学校培养的而是个人的文学素养，就又考了传媒大学的文编系，关键是学费低。"

没想到她小小的年纪竟有如此的见地，我不由生钦佩之心，对自己同时不满起来。

夜里我被一声很大的响动从梦中惊醒，忙拉亮床灯一看，乌兰达莱连人带被子一起掉在地上，我急下床，一摸她头，起了个大包，幸亏被子垫着，别处没伤着："床上有护栏，你怎么会掉下来？"

她羞涩地揉着衣角："我从小一做梦就会从床上跌下来，所以上学后我姐姐每次送我都给学校讲明情况，一直都睡下床，这次我硬不让她来，都来迟了，怎么好意思讲。"

"有什么不好意思，人怎么可以拿自己的生命开玩笑，跌出个长短怎么办？来，我们俩换铺。"我不容她再说，将她的铺盖搬下来，我自己爬上上铺。

她很聪明，也很用功，不到半个月，便补上了前面的功课。因为初次的好印象，我们便成了形影不离的好朋友，年长两岁的我一点不比她成熟，相反，在生活上倒是她常常照顾我，她说："你怎么那么呆，就知道啃馒头，这样对胃不好，身体搞垮，学习再好有什么用？"

一晃一年多过去了，进入实习阶段，我是分配了单位之后才来上的学，理所当然回单位实习，我很想让她在我所工作的城市联系单位从南方调回来，凭她的才华，在北京找一个单位并不难。

她却对我说："云雅，你和我一起到广东电视台实习好不好，你去南方感受感受，再回来工作不是更好吗？我一个人去挺寂寞的。"

我觉得不可思议："我们是北方人，我们的父母都在北方，到南方去不习惯，你是不是头脑发热，广州现在很吸引人，长远考虑，还是北京好。你不要凑热闹，你是不是还打算留在那儿工作？"

她脸红到了脖根："你别生气，你听我说，我知道你是为我好，我个人是喜欢北京，但是，但是，我男朋友想到广东去，所以我才决定到广州实习，他若有希望调过去，我就留在广东工作。"

"好啊！你个家伙，我是不是你朋友，你从来没对我说你有男朋友，他在哪儿？"

"他在我们老家，军校毕业后一直在军区工作，他上军校时在一次同乡会上认识的，我一直把他当大哥。一直处得不错，我到北京上学，他常写信来，前不久，他在信上说很想和我成为一家人，等我毕业，想和我成立一个家庭。"

"那么，你是决定啦？"

"嗯，找个大哥哥式的人做丈夫，会靠得住。"

"既然你决定啦，我就舍命陪君子啦，你一个小女孩儿一个人到广州去，我也不放心。"

在广东电视台实习的日子里，气候的炎热，饮食的不习惯，使我们两个受尽了煎熬，工作之余，乌兰达莱心系着她男朋友的事。她说："今天回来，你陪我去军区一趟，我在A大时认识一个军报的老师，我说了我大哥的情况，她说他认识军区的一位领导，让我去找他，看能否把大哥调过来。"她一直管她男朋友叫大哥，我笑她："等结了婚，你也叫他大哥，弄清没有，究竟是兄妹情，还是男女之间的爱情。"

"开始像兄妹情，后来就不像啦，你不认为由大哥哥式的感情转变而来的爱情更好一些吗？"

"好倒是好，我担心，人心隔肚皮，你那么真诚对他，他若以后负了你，我怕你承受不起"。

"你放心，我以前也想过这些，但看了他这封信后，我想我应该信任他，你看看。"

我接过信，认真看起来。

乌兰达莱：

你好！得知你到广州后，一切均好我也就放心多了，刚刚给你打过电话，总觉话没说完，就又提笔写信了。

　　这段时间以来，内心很苦闷，对我自己的工作去向，不知何去何从，我努力一年多，一直也没有结果，我很想换换环境，一个人在一个地方待得久了，会生出无聊甚至变得消沉。

　　这么久我都不知该如何向你表白，也就没有资格向你承诺什么。所以只能对你说能否给我一段时间，如果我的工作能够调动，一切就不是问题，我知道，如果我说，我很快和你成家，我相信你会为我放弃一切回到家乡。但是，爱一个人不是为了自私的拥有，爱一个人她的幸福就是自己的幸福。所以，我郑重地告诉你，如果我的调动不成功，你就永远做我的妹妹吧，现实是残酷的，我是一个军人，我不想让你做一个为丈夫放弃一切的妻子。你是很有才华而人品极好的人，凭你的能力留在北京或广州工作都是不难的事情，你才二十一岁，有着美好的青春年华，欣赏你的优秀男孩也很多，找一个比我强的比我爱你的人也不难，大哥也是快三十岁的人了，我考虑问题只能理智战胜感情，以你的聪慧，相信你能理解我的想法。我们分别半年多了，想起上次送你，你靠在我肩上哭的样子，真的是很想马上见到你，让你靠在我肩上好好哭一次。我总觉得你很小，需要我的爱护，而你却坚强得惊人，反倒是我，现在很脆弱，听到你鼓励的话语，心里热乎乎的。请相信我，这一生我都会珍惜你我的情感，无论你在何方，你都记得，有一个爱你的大哥在遥远的地方想你，为你祝福。

　　再过两个月，我就休探亲假，我一定到广州看你，不管那时我的工作调动有无结果，我都会去看你，因为你有一颗金子般的心在吸引我，拥有这颗心是我今生的最大的财富，所以，我乞求上苍能够怜惜我们，让我们能够工作在一起，生活在一起，我常幻想，什么时候能够同乘一列火车奔向一个方向……

看完这封信，我也深受感动，我看着乌兰达莱，很郑重地说："如果他的心真如他信中所说的，那是你的幸运。我也支持你选择他，为他不顾一切，但是，人是很复杂的，我也不敢保证他现在的这种感情会不会因为环境的改变而改变。所以，我劝你，我们也不妨艺术一些对他。他说他自己在努力调动，那就让他努力，你不要告诉他你将为他跑调动的事，看他自己努力的结果，他不是说再有两个月就成不成都有眉目了吗？他说无论怎样都会来广州看你，我们也看看他是不是诚心，等他来以后再说。"

乌兰达莱一脸的朴实："这样好吗？成了耍心眼了。"

"傻丫头，有什么不好，爱情就是门艺术，必要时善意地来点心眼儿，可以考验对方的心嘛。"

两个月后的一个下午，我陪她在广州车站接到了黎楠，一身军装的黎楠很引人注目，从外表看是个很帅的小伙子，英俊潇洒，他并不介意我在场，搂过乌兰达莱拥抱她，连我都分不清这种拥抱是兄长式的还是爱人式的，我想：但愿他一生都能这样对乌兰达莱，愿他的心与他的外表一样美好，她也算是有了好的归宿，对一个女孩，特别像乌兰达莱这样视爱情如生命的女孩子，她是用她的全心面对眼前这位兄长式的爱人，看着她满眼的笑掩饰不住的激动，绯红的面颊，我才觉得，爱情原来可以使一个人如此生动，如此美丽。此刻的乌兰达莱，是我认识她以来最动人、最美丽，如一朵面对着太阳开放的太阳花，自然富有朝气。

有一位电视台的朋友休长假，我们借了他的地方给黎楠住，把他送到住处，我对她说："我就不当电灯泡了，你们好好叙离别情吧！"

晚上刚洗完澡，乌兰达菜回来了，我责备她说："人家刚来，你也不多陪陪，怎么这么早就回来了？"

"云雅，他是坐了四天四夜的硬座到这儿来的，让他好好休息，他长这么大恐怕也没受过这个罪，他虽然在小县城长大，从小没吃过什么苦，当了兵又顺利地考上军校，不像我，从小在农村长大，他这次来看我，我真的很感动，就为这一点，我一定好好珍惜他。"

"哎哟，还没结婚呢，就心疼了，瞧你那幸福样，我都嫉妒了。明天，你应该搬过去和他一起住吧！人家这么远来，你就让人家一个人独守空房。"

乌兰达菜一脸严肃，黑黑的眼睛正视着我，有点生气地对我说：

"你怎么能说出这样的话，我妈对我说过，女孩子一定要自尊自爱，没结婚前一定要保持纯洁，不管别人怎么开放，我是绝对不会没结婚就和人家住一起，不管我多爱这个男人，爱情应该先是心灵的结合，相爱的年轻男女渴望对方的身体，但是既然真心相爱，就应该控制自己的欲望。我和大哥，我说不管将来会怎样，我对他说过，我们如果能结合做夫妻那是我们的缘分，如果成不了夫妻就保持纯洁的兄妹之情，他很尊重我，他说如果他无缘娶我，也让我做别人纯洁的妻子，因为他爱我。"

我点点头："乌兰达莱，我很赞成你对爱情的观点，我刚刚是想考验你，还准备教育你，看来我是多余的担心。对啦，你们今天谈了些什么？"

"没谈什么，但是我感觉大哥有很重的心事，他见到我高兴是真的，但似乎有难言之隐，我也不好问他什么。"

我思考了一会儿对她说："我觉得首先是把你们的关系谈清楚，这样吧！明天下午，我和你大哥谈谈，我们是好朋友，我对你像我的妹妹，我更为你的幸福着想，我必须知道他对你所持的态度，不然，你会很苦恼。"

她没有反驳，但我看见她眼里闪动的泪花，我突然觉得我有责任保护这个纯洁可爱的小妹。

次日下午，乌兰达莱将他大哥请进了我们宿舍，我对她说："乌兰达莱，你去买点水果，我和大哥先聊聊。"

乌兰达莱出去后，我便开门见山对黎楠说：

"黎楠，你这次千里迢迢来看乌兰达莱，连我都很感动，这些日子，她朝思暮想对你的一片真情你应该知道，我觉得爱情不应该以地域而定，无论你工作调动能否成功，这不应该影响你们的感情，如果真心相爱，乌兰达莱会选择你在哪儿她也会随你到哪儿，她是个人品极佳的孩子，所以我很想知道你的想法。"

"云雅，正因为这样，我才非常矛盾，这两天我想对她说的话很多，但又不知从何说起。来之前我考虑再三，这次一定把我和乌兰达莱的事说清楚，我这次来看她，回去之后我希望她能够忘记我，上次写信已经对她表白我的心迹，如果我调动不成，她就永远做我的妹妹，我在来之前，给我办调动的人已明确答复我，我的调动没有希望了。我不能一封信就对她说我的想法，我便决定一定来看她，我怕她受不了打击，可我面对她时，看着她黑亮而以充满希望的眼神，我不知该如何开口说让她永远做我的妹妹的话。"

"那么，你过去想调广州是为你自己吗？还是为了乌兰达莱？"

"我决定调动也是为她，开始想调北京，考虑太难，才决定调广州，我想广州对她的发展比我们家乡要好得多，我们家乡那个地方偏远、落后，她回去能有什么前途可言，如果她不在这儿，我调来有什么意思，我都快三十的人啦，不会把这件事当儿戏。更何况，我很爱这个妹妹，不愿伤害她；为了我，已经耗费了她一年多的时间，我不能再耽搁她的青春。"

"如果你调来这工作，你能保证一生对她负责吗？广州可是个花花世界，很容易让人变质，你能够保持你原有的心态吗？"

"云雅，如果我现在在这工作，我明天就会娶她，我不止一次对自己发誓，今生若有缘，我一定好好珍惜她，爱她。可是，残酷的现实使我们无缘结合，我只能狠心让她忘记我们的感情，永远把我当她的大哥。"

黎楠英俊的脸痛苦扭曲着，泪顺着面颊流下来，全然不顾在我面前的失态。

晚上，我把和黎楠的谈话情况向乌兰达莱叙述，她很平静地听我说完，对着窗外看了许久，突然对我说："现在就去大哥那儿一趟，你先睡吧！"

"傻丫头，看，都十点多了，明天再去吧！"

"不行，我有话对他说，必须现在去。"她一脸坚定的表情。

"好吧，我陪你去，几站地呢，你一个人我不放心。"

她搂着我的脖子撒娇："你真是我的好姐姐。"

到黎楠住处，我对她说："我先回去啦，你进去吧！"

我走了几步，好奇心上来，我想听听这两个人谈些什么。就轻轻走到门边，屏住呼吸。"大哥，你调动不成，你就千里迢迢来看我，然后就让我把你忘了，是吗？"

"怎么，云雅已经对你说了？"

"那你还准备什么时候对我说，等你走的时候？怕破坏见我的气氛，还是想留点美好的回忆？"

"达莱，你先别发火，听大哥说……"

"我不听，没想到你对我们的感情这样的看法，如果感情受地域的影响而改变，那还有什么真感情。当初你为什么对我说成立家庭，表达什么感情？我们一直做兄妹多好，我希望你这次给我明确的态度，如果你心里有我，想娶我做你的妻子，你就明确告诉我，如果你心里没我，你也明确告诉我，我不喜欢你这种黏黏糊糊的态度，因为你是个男人，男人要有男人气。"

　　"如果我心里没有你，我怎么可能把探父母的假用来跑到广州看你。我早已把你视为我亲人，今生若能娶你，是我的福气，我想调到广州工作也是为你，你相信我，大哥都快三十的人啦，我骗谁都不可能骗你啊！我是真心希望我们能成为一家人。"

　　"那好，既然这么说，你是肯定自己的感情啦，那我告诉你，你调动的事我来努力，如果我没有能力把你调过来，我就跟你回老家去。如果你觉得我不合适做你的妻子，我也会帮你调动，然后帮助你给我找个嫂子，你我之间绝对没有什么条件，过去我就对你说过，为兄长做任何事，我都会尽力，你不要以为，若你不是我的爱人，我就不会帮助你，我希望我们必须把我们的关系理清，处理不好，将来也许夫妻不成，兄妹也做不成，我很珍惜，不管是爱情或是兄妹情。"

　　"乌兰达莱，你才二十来岁，怎么帮助我跑调动，我同学的父亲在北京是一个部队部门领导，我托他都没有办成。"

　　"你以为我和你开玩笑，我今天给你说的话，你考虑三天以后回答我。"

　　"这个小丫丫，拿你大哥开心，我用得着考虑三天吗？我上哪儿找你这么好的人，把你大哥说的，我会那么没良心吗？调来广州再去找别人，那我成什么啦，我明确告诉你，我们再努力一年，无论调动成功与否，我们都结婚，只要乌兰达莱小姐不变心。"

　　"云雅说了，现在是商品社会，人与人之间越来越缺乏真诚，到时候说不定大哥也成了陈世美。"

"我若成了陈世美，就千刀万剐。"

"好，这话我记下了。"

"来，靠我肩膀上，大哥的肩膀这一辈子都让你靠，累了，靠着休息；痛苦了，靠着哭；高兴了，靠着笑。"

没过两天，乌兰达莱举着一封从北京来的快件对我说："你猜猜，这是什么？"

"鬼丫头，我怎么知道。"

"你看看，保证为我高兴。"

我接信看，原来是她一位老师的信，信里说她的老师已经拜托老战友把她的男朋友调到广州或广州附近的城市工作，让她等消息。

我激动地跳起来："你真了不起。"

送走黎楠，我们又忙实习，我的实习期满就该回北京了，她的工作单位还未定，广东有几家电视台、电台都想要她，晚饭后我们俩在珠江边散步，我说："你有什么打算，是留在广州工作呢？还是和我一起回北京？"

"这几天我在想，考虑许久，我决定留在广州，我已与一家电台联系好了，他们同意接收我，已经发了接收函，电台说，半个月就能办好所有手续。"

"你想好了，从学校毕业进北京工作是很多人的梦想，你若失去这次机会，以后想调进北京就很难了，若你大哥万一调不来，你就真和他回家乡，我觉得你应该留在北京。"

"现在只有这样了，我若不把工作关系正式办进广东，大哥有什么理由调广东，调动的理由只有为解决两地分居，像他那样在工作条件上没有任何优势的人，能有别的理由吗？"

"我觉得你是个重视事业的人，像你大哥，我觉得他在事业上一点也不出色，其他也没什么能力，你看上哪点啦，万一他将来连人品都靠不住，你的牺牲太大了。"

"以前我也矛盾过，可自他这次从老家来看我，我就决定选择他了，爱情，就图个真心，为真心可以不计较别的，我渴望真诚的生活，他能成为一个好丈夫就行。"

"那好，既然你决定了，我也就不说什么了，我实习期也到了，我暂时就不回北京了，要求借调在广州工作一年，等你的一切安排好了我再回京，你这么小，一个人在这我不放心。"

她眼里闪出泪花，我从她眼里看出爱情不只是幸福，还伴着选择的痛苦以及对生存的迷茫，也许这就是人生吧！当真实地面对爱情，面对生活的时候，你必须为这种真实付出代价。

"你还是回北京吧！不要为我留在这儿，我自己能行，你还不到二十岁就大学毕业，二十二岁干到正科级，前途不可限量。"

我以沉默面对她，人与人之间真是有一种奇怪的感情，不知从何时起，我已将她视作亲妹妹，长她两岁的我无形中已把保护、爱护她当作一种责任，我愿一生做他的知己，一个人为知己付出代价是应该的，无须用语言表达，我认为朋友之间最真诚的就是彼此的无私和友爱。

于是乌兰达莱留在了广州的一家电台工作，我则借调到实习的电视台工作，她搬去电台住，每到周六则来电视台我的宿舍一起做饭吃，只是我每见她一次，小脸就瘦一圈，我不知道该如何安慰她，唯一能做的就是劝她多吃饭菜，我不敢去触她脆弱的神经，尽管我知道她的坚强，但我也了解她脆弱的一面，我只能装作对她的脆弱视而不见，面对她的坚强。

一晃半年过去了，这是个夏日，我正在台里忙得不可开交。乌兰达莱满脸热汗地出现在我面前，我责怪她说："你这个丫头，大热天也不怕中暑，你看，衣服都湿透了，打个电话不就行了，三十多度的天气。"

"我太激动了，所以想马上见你，就跑着过来了。"

"什么事让你这么激动，是不是大哥调动有希望啦？我想只有这件事才会让你这么激动、失态。"

"知我者，云雅也。对，就是大哥的事有希望啦。"

"什么时候办调动？"

"我今天来就是和你商量，我刚从军区干部科回来，如果调离广州远一点的城市，如阳江、湛江，这两个月就可以办手续，若想离广州近，就只有禅城分区，离广州坐汽车2个小时左右，除深圳之外，就是最好的。刚好分区要增设一个新的部门，正在筹备期间，正在挑选人，像大哥那种条件的，只有一个理由就是为解决两地分居。人事领导说，确定调他也得等别的同志都到位了才能办，就算是照顾，但又不能做得太明显，大哥若是有一技之长就会好办得多。关键是像他那种一般行政干部，本身分区就多，这样，说不定要等一年也有可能，并且我的工作、户口若在广州还怕有点不好办。还问我们结婚没有，若没结婚也说不过去，必须是法律上的夫妻关系才能谈得上两地分居的问题，我想了许久，只有尽快把工作调到禅城去，哪怕进企业也行。电台、电视台等对口单位在短时间内不可能办成，不能因为我影响他调动。"

我听她只顾心上人，自己什么都不顾，便来气："我不反对你对爱情忠诚，也未免太离谱了，你在电台是事业单位，再有半年就分房子啦。你干得那么出色，你为他连这都放弃，去什么企业！"

"别生气啦，说不定运气好，能找个好单位呢？"

乌兰达莱请了一星期假，到禅城联系单位，我让她来和我一起住，便于早晚让她能吃上饭。她很早便起床到车站赶早班车，我便比她早起十分钟给她煮牛奶，一再叮嘱她中午一定不要饿着肚子。我说："今天你第一次去，我还不到上班时间，我送你去车站。不然我请叔叔帮忙。"

她说："先别麻烦叔叔，让他去求人总是不好，我自己先试试，实在不行你再出马。"

她望着我许久，我们之间的友谊若用客气话来表达毫无意义，我知道她是在用心来面对友谊，她的眼神能说明这一切。

送乌兰达莱上车前，我理了理飘在她脸颊上的头发，恨恨地说："黎楠这小子，将来若负了你，就该千刀万剐。"

一周下来，乌兰达莱又黑又瘦，眼睛却越发黑亮，眉心的痣便也出奇的醒目。这是一年中广东最热的天气。我能想象得到她抱着自己的简历一家一家联系单位的情景，一向腼腆的她能够这样做，完全是爱情的力量，痴情可以使人超常发挥自己的胆量和能力。她爱一个人真的是真啊！真的忘记了自己，忘记了世间的苦难，忘记了世间的虚伪。这种爱是如此的崇高，如此的深沉，如此的真，真的让人感动，而她这种爱也只配有深度、有层次、懂爱情和有良知的男人，我希望黎楠是这样的男人……

乌兰达莱在电台给我打电话："云雅，没想到才十来天，禅城方面就回话了，一个食品公司说在最短的时间内给我办理调动手续。"

"你跑到食品公司干什么？和你的专业一点不对口，进了企业，以后怎么办？"

"目前也只能这样了，有两家报社想要我，但又没有编制，若进去得先借调，户口还是不好办。只有这家公司老总看了我当场写的食品广告词很满意，今天来电话说让我下周就去报到。"

"你这个傻丫头，你学的广播电视专业，怎么可以写什么广告词，我都为你痛苦，你自己就更痛苦啦，不行！"

"我先去干着，一边给电台、报社投稿，等公司工作合同满时再调动。"

"可是，一般这种情况，给你办了调动，得签三年服务合同，合同没满是不能走的，你怎么待？"

"你放心，我能忍受，就当是一种经历吧！"

"又是为你那个大哥，你是不是前世欠他的？一个小姑娘，不言不语的把一切苦都装心里，表面却装坚强，你说，你这都为什么？"

听到话筒里的哭泣声，我不敢再说下去，认识她这么久，我从没见她哭过。我知道她这次的痛，她是多么看重自己的前途，自己的专业，可是为了深爱的人她放弃了本是摆在面前的辉煌之路而选择了另一条自己不喜欢而又不得不走的路，这种痛是用语言无法形容的。

我送她去禅城。食品公司办公室的简单不说，就说宿舍吧，是很简单的平房，乌兰达莱被安排和一个大学刚毕业的技术员住在一起。两张床占了空间后就没有多大的地方啦，光线又暗，地又潮，就这已经是很优待了。这种条件和她工作的电台相比，真是天壤之别，她要在这样的环境里待三年。我控制不住自己的情绪，跑出来蹲在角落里一个人流了半天泪，咸咸的眼泪浸进嘴角，一直浸进我心里。

周末我去禅城看她，她坐着一个塑料小凳子，把床当书桌正在写食品的说明。见到我满脸灿烂，不小心竟跌坐在地上。爱情的力量真是不可思议，吃食堂，做着不喜欢的工作，竟因为爱情的力量而找不到烦恼，人一旦有一个希望支撑着，会使一切痛变得渺小。

吃过饭，我们在珠江边散步，我说："乌兰达莱，腿伤好些了没有？没好就跟我回广州养一段时间，千万别留下后遗症，为了大哥，你差点搭上一条腿。还不让我告诉他，以后走路、坐车一定要小心，也不要再吃方便面，他一个大男人坐火车又能怎样？你还为他攒钱买飞机票。你只会爱别人，难道就不会爱自己？"

"我也很爱自己，但对大哥，爱他胜过爱自己。真正的爱情要像生命一样珍惜，如果爱情少了彼此的奉献，彼此的真诚还有彼此的信任，那这种爱情也就没有意义。"

为黎楠能调到禅城，乌兰达莱只有回老家和黎楠办理结婚登记。我将军区干部处领导的话转告黎楠，他说这样做只有委屈乌兰达莱啦，等她过来再举行婚礼。我对他说："她为你受的委屈还少吗？"他说他一定对得起她，盼着早日过来与她团聚，听着他的表白，我为乌兰达莱高兴。我想她快苦尽甘来啦。临行前，拿出结婚登记介绍信对我说："云雅，这手续一办，我就成有家的人啦。我没想到自己会这么早嫁人。"

"乌兰达莱，我为你祝福，成了家，有大哥的爱护，我就可以放心地回北京啦。找个大哥哥式的丈夫，今生有了依靠，我指的是心的依靠，就等于有了归宿。"

没想到半个月后，我在机场接到乌兰达莱，从她脸上一点也看不出幸福的迹象，她比回老家之前更消瘦，单薄得像风中的蒲草。回到我的住处，她坐在床边一直不说话，我只有久久地望着她，我等着她自己开口，但她就是不开口，我终于忍不住，问她："怎么回事，你急死我了，告诉我。"

乌兰达莱从包里拿出结婚登记介绍信，一条一条地撕着，我感到她不是在撕纸，是在撕扯着自己的心，看着落在地上的纸片，我的心也跟着下沉，我简直不相信自己的眼睛和耳朵。

"云雅，你知道吗？我在机场见到来接我的他，激动得话都说不出来，他搂着我的肩膀让我觉得他一定会为我遮风挡雨，我当时真幸福啊！我住在军区的招待所里，感觉就像来部队成亲的新娘，我到的第二天早晨，在他还没来招待所接我之前，我接到一个电话，电话是他最好的战友打来的，他说他本想不告诉我，但从良知的角度他决定告诉我，说我为大哥所做的一切他都知道，他说大哥那样做是不道德的。不能为了他毁了我一生的幸福，让我慎重考虑，他说大哥在老家还和一位姑娘来往密切，他亲眼见到他们一起吃饭，看电影，大哥起初不承认，在他的质问下，他承认了和那女孩的关系。大哥说在等待调动的日子里很无聊，就和那女孩来往了，他战友说如果大哥不承认他可以帮我找那个女孩来，他对大哥的行为很气愤。大哥来后，我就质问他，他死活不承认，我就告诉他不承认也可以，那我就不理他了。他只有承认啦，他说他心里只有我，那女孩也知道我是大哥的女朋友，那女孩自知不如我，就说如果大哥调不走，我们肯定会不能结合，希望他能娶她，大哥若调不走也就只能转业，她可以帮他留到省城。你说，有这么残酷的人吗？大哥还说他们之间没什么感情，只是相互有条件，女孩看上他的人，而他为留后路看上了她的省城户口和工作，他对我的感情才是真实的。我说我在广州风里来雨里去为你忙，你却在老家和别的女人花前月下，还敢说对我的感情是真实的，我觉得恶心，我不想听他说什么，告诉他我不想见到他，我回了自己的家去看父母，之后就回来了，来之前我已经给他写了封信，告诉他我可以帮他调到禅城。但我们的爱情结束了，我还是会将他当大哥的。"

我听后气得七窍生烟："还帮他调什么？让他和那个女人在老家过去，这种男人你还叫他什么大哥，简直是个破烂，扔了就是了。"

"我想冷静一段时间，他若打电话给你，你告诉他说我不想再见到他，听他的声音。"

"你先别回禅城，在我这休息几天再说。"

"不，我要回去上班，否则我会发疯。"

乌兰达莱回禅城的下午，我正在台里忙，黎楠一脸憔悴地出现在我办公室门口，看他那样子，我还来不及说难听话，他坐下就泪水横流，看着一个大男人哭，我似乎手足无措起来。

"云雅，你陪我去禅城劝劝乌兰达莱，她不愿见我，她的脾气你是知道的……"

　　"你活该，你哭什么？她不是说调动的事她会帮到底，你何苦花钱坐飞机过来呢？在老家和那个女的谈恋爱多浪漫，我真羡慕你，有本事。一个女人在广东为你奔波，身边还跟着一个，你真是爱情的高手，事情败露，她还会以兄妹之情帮你帮到底，干脆你求她把那女人也调来，反正她是个傻子……"

　　"我千里迢迢赶来，就是希望她能原谅我，我对她是有感情的，我调来就是为了和她在一起，我给老家那个女的说得很清楚，我要和乌兰达莱结婚。"

　　我终于被他说得心软，陪他到禅城找乌兰达莱，在食品公司潮湿的小宿舍里，她很平静，她请我们坐下，我说："你们谈吧，我出去走走。"

　　"云雅，你别走，你又不是外人，既然大哥来了，当着你面我把话也说清楚。"我只好坐下听她说什么。

　　"黎楠大哥，今天有云雅为证，我可以告诉你，我们的爱情结束了。我想我的信你已经看过了，我就不多说了。至于你调动的事，我会看在我们曾经的兄妹情分帮到底，等你在这边的工作安排好啦，我们就彼此相忘吧！我无法再认你这个大哥，我们的缘分尽了……"

　　"乌兰达莱，我是真心对你的，人都有错的时候，你就原谅大哥这回吧。我若心里没你，我就不会这么难过，长这么大，我还是第一次流泪，这十多天我吃不下，睡不着，我都快疯啦。"

　　这件事的结果，最终还是乌兰达莱原谅了黎楠，我相信换了我也经不住一个男人的泪水长流和苦苦乞求，更何况千里迢迢赶来，这中间我对她好言相劝起了决定的作用。

黎楠走后的一个多月，乌兰达莱忙着她的工作，业余时间还在为电台写稿，来广州为黎楠的调动奔波。说黎楠每天晚上给她打电话，看来一切的不愉快都过去了，又沉浸在对黎楠的思念里，我庆幸她从痛苦里走出来，我也相信黎楠不会食言，不会再做对不起她的事，以我和乌兰达莱的阅历，不会把黎楠想象成一个卑劣的人。

可是，我的判断还是错了，看着她的再一次心碎，我不敢相信这世上还有"真情"二字，人心是如此的可怕。

乌兰达莱在食品公司工作一年之后的冬天，黎楠的工作调动也定了下来。在他们去取调令的上午，我心情激荡，我的借调期也快到了，等她一切安排好，我就可以放心回北京啦。我特地请了一上午的假，上街为她买了一条漂亮的红围巾，想着她戴着红围巾依偎在黎楠身旁的情景，我忍不住笑了。他们决定一起回老家办黎楠的调动，同时看望双方的父母，春节之后回广东。我说好在饭店里等他们，中午请他们吃饭，祝贺他们团聚，可是我一直等到十二点半，却只等到了脸色苍白如纸的乌兰达莱。

"你怎么一个人回来，你大哥呢？"

她望了我好一会儿，我能感觉得到她内心的创痛，这种痛是彻心彻肺的，她痛得泪不是从眼里流出，而是流进心里，我能感觉得到她滴血的心跳，她的话证实了我的预感，一字一句敲击着我的心。

"云雅，他现在不需要我的帮助了，过河拆桥，他恨不能马上把拆下来的木料烧掉，他真可怕啊！连喘息的机会都没给我，上午9点拿到调令，他把调令往衣袋里一装，说我们去公园里坐坐，他坐在公园的长凳上掩饰不住的喜悦。是啊！怎么能不喜悦，一下从边远的西北调到不亚于广州、深圳的禅城，回去后会招多少人羡慕的眼光，他在喜悦中对我说：'你半年前就提出要和我分手，你当时不是说我们不合适吗？那我们现在分手怎么样？凭我，往这一调，还愁找不着比你强的'。"

"这件事不能就这么算了，我陪你找人，马上退他回去，他简直不是人。"

"上天长着眼，就算退他回去我的伤害就少吗？更重要的是伤帮忙的人的脸，别人会说他怎么调那么一个人来。"

一个星期后，在我的坚持劝说下，我陪着乌兰达莱到禅城分区找黎楠，我希望他尽快处理完这件事，拖得越久对她伤害越大，她已经把自己关在宿舍里一周了，连我也不见，我能体会得到她是怎样用泪洗着自己心上的伤。我担心这孩子能否逃脱这一切，一个少女，把自己的最美好的青春年华，最珍贵的爱情毫无保留地给了她认为可以托付终身的人，当她发现这人原来是个披着人皮的狼时，她的心也就被狼撕碎了，更可悲的是她还不能把这个披着狼皮的人的狼皮揭去。

到了黎楠门口，我说："我在外面等你，你千万不要激动，噢！"

"怎么是你……"

"怎么就不能是我，怎么是你？……像对待一个陌生人，我今天来就是最后看看你的嘴脸，看看这个曾经是我大哥，又说对我有感情的男人生活得怎么样？"乌兰达莱出奇的冷静。

"小妹，就凭你的素质，不会到我单位闹，一来你怕伤脸，二来你丢不起你老师的脸。你就是再恨我，也不愿让别人笑话，只要你不说，我们单位也没人知道我们的关系，办调动的人碍于面子也不会多嘴……"

"你想得可真周到啊！你以为你还有价值值得我去怎么样？你知道吗？你现在在我眼里就是一堆垃圾……"

"小妹，你别这么说，你永远是我的妹妹，或者我们还可以重新开始，我对你是有感情的……"

"你住嘴，你还有脸说你对我有感情，你这个垃圾，我告诉你，天下男人死光我都不会嫁给你。你还有脸说什么我永远是你的妹妹，你亲手毁了我们之间的爱情，也毁了我们之间的兄妹情，你我之间再无任何情谊可言。"

"小妹，我们单位的人若问，我就说是你不要我了，否则人家会说我坏了良心……"

我再也听不下去了，破门而入，我真想放下我的教养扇这个男人两个耳光："黎楠，你还是人吗？你既当婊子又立牌坊，你坏了良心，末了你还让乌兰达莱背上变心的名声，是啊！你说她不要你了，别人还会说你是负心汉吗？别人同情的只有你，理解的也只有你，说不定还有多少女人会爱上你这个为了爱情不惜一切来南方的男人，乌兰达莱那么聪明的女孩都让你骗了，还有什么女人你不可以骗呢？你太爱你自己了，处心积虑地为自己打算，当初她在这为你苦苦奔波，你和别的女人在老家鬼混，事情败露她要和你分手，还答应就算分手也帮你调动，你死皮赖脸跑来不分手，你多有心机呀！你低估了她，你怕她分了手你的调动会泡汤，你拿爱情抓住她的心让她为你不顾一切，当时我对你说：'如果你不能对她负责，就分手。'凭我对她的了解，凭着她对你的兄妹之情，分了手她也会帮你调动，你当时对天发誓说决不会负她，一辈子爱护她。连我也被你感动了，劝她和你和好，这一年来她为你放弃了一切，吃尽了苦，你调令往袋里一装，就黑了心，你就没看看头上还有青天吗？这样的做人，你都不得好死你。你以为你调到这里就进了天堂，美女、金钱都等着你，你去骗一个有钱有势的女人给你当老婆吧！告诉你，你这种人若有好日子过，老天真是瞎了眼，人在做，天在看，你会遭报应。你记着我的话，你当初若不是她，你连个落脚的地方都没有。你现在工作调来了，分了三室一厅的房子，又穿着一身黄皮，人模狗样了，你没想到你这一切都建立在一个女孩子流血的心上。半年前，乌兰达莱在食品公司时，一个家有工厂、有房子、有文化的大学教授看上了她，当时他对她说让她放弃食品公司的工作，违约金他出。公司户口也不要，户口重新办，第二天他拿着公安局的户口登记表，他让她填，说十天之内把她的工作调到电视台。我劝她好好考虑一下，放弃你，人家长得也比你强，一个孤身在南方的女孩子有几个能有这样的运气。她却说，既然原谅了大哥，就一心一意等你，她很坚决地拒绝了人家，教授说不同意婚事他也帮她，她说绝不欠人家的情，她说天下最还不清的是感情债，面对人家的高尚，她觉得承受不起，怎么忍心给人家添麻烦。她死心塌地地在这等你，干着本不是自己喜欢的工作，为省下你来所需的开支，一周顿顿吃方便面，由于营养不良晕倒在办公室，我每次来看她，见她一次次地消瘦。她还让我瞒着不告诉你，我为她对你的这份感情，这份真，我多少次感动得流泪，现在这个物欲横流的社会，她这样的女孩有几个？我想别说你是个人，就是块石头也会焐热，没想到你连块石头都不如，一块石头你对它好，它都不会来砸你，而你，杀人不见血，你是何等的残酷，何等的没有人味。你没有得到法律的谴责，但你得到了道德和良心的谴责。"

"云雅，我对乌兰达莱是有感情的……"

"你的感情是建立在你的目的、利益之上，你的目的达到了，你的感情也就变异了。她没有防备，她相信她的大哥不会骗她，而这个她没有防备深信不疑的人却是伤害她最深的人。"

"云雅，不要对他说这些了，我已经不爱她了，我过去爱的那个大哥已经死了。面前这个人对我来说是个陌生人，一个陌生人不值得你费口舌，我们走吧！"

因为是周末，我让她和我一块儿回广州。在汽车上她一直没有说话，眼望着窗外，我明白她此时的心境，过去她多少次在这样的晚上往返于广州与禅城之间，那时她是抱着一种希望，满怀着真情往返于两个城市之间，而今这一切仿佛是昨天的事，生活真是一场不断上演的戏，爱情也是。

一个月后的一个傍晚，我特地从广州赶到禅城看乌兰达莱。吃过饭后我们在珠江边散步，她比以前更瘦了，她从来不对我说她内心的伤痛，可我何尝不知道她是用了多大的气力来支撑着自己没有再次倒下去，上次大病一场之后她对我说："我要好好地上班，我不要对不起生我养我的父母，不能对不起你，我不能因为爱情的失败就改变我的人生方向，我的爱情可以失败，但我的人生绝不能失败。"

我扶着她单薄的肩膀，默默地在江边走了很久，她停下来看着我说："你有事对我说，为什么不开口呢？难道我们之间还有什么话不能说吗？"

我惊异于她的敏感，也感叹她对我的知心，我无法在她面前掩饰，我并不明显的欲言又止让她察觉了。看来，"伯牙弹琴、子期听音"的故事又可以在我和她之间重演了。

"前几天，黎楠到广州找我，说几次看你，你都不见，他说他忘不了你，请我劝你，能不能原谅他，还让我一定把这两千块钱给你，过去你为他费了那么多心血，他想对你表示一点心意……"

没等我说完，她接过钱，顺手扔江里，黑亮的眼睛闪着晶莹的泪花："他的钱让我恶心……"

我看着被她扔进江里的钱顺水漂走，可是它们能带走她的伤痛吗？看着趴在江堤护栏上哭泣的乌兰达莱，滂沱的泪打湿了衣襟，我没有替她拭泪，自我认识她我没见她哭得如此的失态，她是个坚强的女孩，许多次我为烦忧心事流泪，她都笑我："男儿有泪不轻弹，女儿有泪也不轻弹。"而这次，感情的伤打垮了她，我相信，这种痛是一生的痛，这种痛只有经历了才能知道它有多深，曾经视为太阳、月亮、星星、生命的人，曾经用心去爱的人，许诺希望和自己同乘列车，共奔一个目标的人，却原来是个魔鬼、骗子，他亲手把她推进无底的深渊，无尽的黑夜，这还不够。还在她滴血的心上扎上一刀，一个二十二岁的女孩，她没有一头扎进江里已是万幸了。这段时间我真担心万念俱灰的她会想不开，看着心碎的好友，我只能让她流泪，人总得找一种发泄方式，我希望这种发泄的方式让她好受一些，摸摸自己的脸，也是大雨滂沱。我想起陶潜的诗："落地为兄弟，何必骨肉亲。"这几年的同窗，又共同经历了人生的风风雨雨，我已将她视作我的亲人。我的妹妹。她对爱情的真、对亲人的真、对人生的真，真的让人感动。当她的真换来的是假，是丑的时候，我真的不知用什么语言来安慰她。在这个时候语言是苍白的，我才明白，有些时候用语言安慰是没有意义的，只有无声地陪伴她，与她一起痛苦，我这时想到，人来到这个世界上是承受苦难的，当面对这种生活的苦难时，我们有时也会手足无措痛哭流涕。我想我们在这种时候，能否在痛苦中清醒呢？我想有一天是会的，那就是我们真正明白人生，明白爱情的时候，同时也明白了生活的真谛。我想我现在是能够体会乌兰达莱的心情的，同时我也坚信她是能够从痛苦中走出来的，如果她被痛苦压倒，那么她就不是乌兰达莱，就不是我的好友。但是对她的痛苦，我又有所担心。我说："你痛痛快快哭一场就把这一切埋入心底吧！你才二十二岁，不能因为这件事影响你以后的生活，你能做到吗？"

"你放心，我会好好生活的，为一个不值得的人，我何必把自己推向绝境，为你对我亲人般的呵护，我也要振作起来，你给我姐写信谈我的情况，我姐把她写给黎楠的信印了一份给我，让我清醒，你看了以后就不会为我担心啦。"

我接过信，看起来，乌兰达莱姐姐娟秀的字体映入眼帘。

黎楠：

提起笔我不知从何说起，实际上我根本没必要给你回信，回这封信是因我妹妹的朋友给我写信说妹妹这段时间很伤感。我很担心，一个女孩子单枪匹马出门在外很是不易。遇到这种感情的伤害想不开，真让我心疼，我远隔千里许多安慰的话是说不完的。我真心地希望你，少给她制造麻烦，让她快乐一些。

你们现在已经分手了，各做各的事，何苦为一些闲话，为一些无聊的事闹不愉快！过去的事就让它过去，那些陈芝麻烂谷子的事就让它过去，当初她为了给你办调动付出了很大的代价，放弃了留京工作的机会去了广东。以女友的身份把你从偏远的老家西北调到禅城。这件事没有什么异议，事实就是事实，无可否认，不仅禅城那边的人这样认为，老家这边的人也是这样说。熟人见了我就问："乌兰达莱的男朋友调过去了，结婚没有？"我能说什么呢？你变了心，否定了你们的恋爱关系，这也就罢了，就算是她帮了朋友一个大忙，可你还居然为了自己说她看不上你了，你好会为自己打算，吃人连骨头都不吐，你问问自己，良心何在？去年你赌咒发誓对我说让我放心，你都快三十的人啦，绝对会对妹妹负责，调到南方也是为她，没有任何女人代替她在你心中的位置。你调令一拿，就被花花世界蒙了眼，什么良心、道德在你心中一文不值，一个女孩子为爱情付出如此代价，是如何了不起。对于分手，并没有什么，有的人结了婚，过得不合适，也得离婚，何况你们俩只是朋友关系。就当是"痴情女子遇了个负情郎"没有什么留恋的，分手是你提出来的，我们没有什么对不起你的，我以前对你的信任，简直是一种错误。

想当初，你提出和妹妹建立恋爱关系，她对你一片真情，为给你调动工作费尽口舌，跑僵了腿子，她给我来信说你去广东看她，为你对她的好，她一定不会负你，我当时也认为你是个好人，我对妹妹说找个大哥哥式的爱人有安全感，盼着你们早日成家。

那个时候，乌兰达莱尽管多么辛苦她都是高兴的，因为她心里充实，她有一种希望，一种期待，一种力量促使她把她的黎楠大哥调过去。她认为大哥会帮她、爱她、护她，她相信这是天意，是天赐良缘。这种感情是建立在艰苦的基础之上，经历了漫长的相思之苦，成功到来之际，她是何等的高兴，她每次给我写信，说调动的进展，黎楠向她说的话。没想到她的苦苦奔波，长久的期待仅成了肥皂泡，换来的是令她失望的一句话……

一个女孩能承受如此的打击吗？这种伤害给谁都一样，一下从脑海中抹去是不可能的，她很坚强，挺过来了。我这个当姐姐的还能说什么呢？只能想尽办法安慰妹妹。不停地给她打气，要她想开一些，从医生的行业来讲：药物变了质就已是劣药、假药，人换了环境变了质，就已不是以前的人，他已经不值得你爱了，变了质的人给你你也不要，想开一些吧，小妹，人无千日好，花无百日香，橘生淮南则为桔，橘生淮北则为枳。环境变了，人也变了，当初他只不过是想利用你罢了，为他痛苦不值得。

通过劝导，她的心情好多了，她给我来信说："姐，我已基本从痛苦中解脱出来，我有我的事业，我的追求，我以拼命地工作代替苦恼思绪。"虽然她说已经解脱出来，实际上并没有解脱，摆脱这种苦恼需要很长很长时间，最让我遗憾的是，你还去找她，这样怎么可能让她忘掉过去？我真想不通，你已经和她分手了，还烦她干什么？是不是在别的女人那儿碰壁，又想起她的好，你说什么，还希望把她当妹妹，这可能吗？你问问自己，你配当她的大哥吗？她有你这样的大哥是耻辱，我对她讲："即使他后悔来找你，你都不能再原谅他，你原谅他那是对你最大的不幸。"上一次就不该原谅你，即使她原谅，我们全家也不会原谅这样的人，你配不上我的小妹，对你再不能善良，对狼善良那就是对自己的不幸。她对你已经很心寒了。她说天下男人死光也不会嫁给你，好马不吃回头草。小妹的性格我是了解的，所以你不要自作多情她会放不下你，她若早知道你是这样的人，她会爱你吗？既然你们无缘，你还烦忧她干什么？她要工作，你这样待她，让她怎么做人？你要注意社会影响。你们都是大人了，应该知道事情怎样处理，以后各自还要找对象，我希望你好好想想吧。

由于你的缘故，这些日子来小妹心情一点都不好，她不想在禅城待，尽管她有好多朋友，基础也很好，但你给她的刺激太大，她在那儿待得越久，内心的创伤越大，想离你远一点。我劝她："你还是好好工作吧，婚姻不成，仍是朋友，不要想得太多，凡事想开了，就觉得无所谓了。"

你上次给我来信，我没有给你回信，是因为我没有兴趣给你回信，你太让我失望了，你做人都做到那个份上，我还有什么可说的呢？

你信中提到钱的问题，不是我小瞧你，钱算什么东西？钱难道能买来一切，能买到感情，买到真诚？她的情你用多少钱都还不起啊！当她吃方便面为你攒去广东的费用时，这几年她挣的工资都用在为你调动的路费和生活费上，你调动之前去广东吃的住的都是谁为你安排的？她用的不是钱，是她的整个心。她认为既然真诚相爱，就该同甘共苦，和对方共同承担一切，与小妹高尚的人格相比，你做得怎么样呢？

人成家生活，要靠真诚、互相沟通、互相疼爱，不能只看外表美，更要看他是否心灵美。但愿我们小妹以后找对象不要只重外表而忽略了心灵。

该说不该说的，我已经说了这么多，关系到我妹妹的前途，我还是给你写了这封信，我希望你以后处理好你俩之间的事，少给她制造麻烦，让我省点心。过去的事就让它永远过去，新生活要靠自己创造，骗人只能一时，不可能骗一世，但愿你早日找到一个称心如意的女郎。

我过去对妹妹说过："黎楠这个人只适合做朋友，不适合做丈夫。"她不信，现在实践证明，我的眼力没错，希望你以后好自为之……

看完乌兰达莱姐姐的信，我放下心来，看来她对这件事能够处理好，她望着我说：

"云雅，我决定回北京去，你的借用期也满了，我最近在复习功课，准备考研究生，到时我们俩一块儿回北京。"

我兴奋地拥抱她："你这样决定我太高兴了。"

几个月后，乌兰达莱考上了研究生，顺利调回了北京开始了她半工半读的日子。我感到她还是没有彻底从忧郁中解脱出来，我提议利用长假回趟老家，一来看望父母，二来让她回我们草原上散散心，我希望她能够尽快忘记过去，因为她有着美好的前途，我不希望她带着忧郁去生活。

老家正是太阳花开的时节，大片大片的太阳花让我痴迷，太阳升起的时候，看着一张张太阳花的脸笑向太阳，我感叹世上竟会有如此美丽的花。当阳光与它们交汇时，是多么壮观的景；我看着这一切，忘了尘世的尔虞我诈，忘了工作中碰到的种种难以相处的人与事。我望着乌兰达莱很郑重地对她说："在我眼里，你就像你家乡的太阳花，你一直都是心中充满阳光，一个心中充满阳光的人是会爱别人，爱生活，同时也不能被风霜雨雪压垮，你看这太阳花，它永远是向着太阳的，你能做永远的太阳花吗？我相信你能，对吗？"

乌兰达莱的眼中充满泪水，这是感动的泪水，忘却感情的伤很难，但她要把这种伤深深地埋在心底。我看到她柔弱的外表下有一颗多么坚强的心，正是这种坚强使她站了起来。

乌兰达莱离开了生活、工作了几年的广东，她希望多情的珠江水能够带走她这几年的痛苦与欢乐，曾经她是多么热爱这片土地啊！原以为这里可以成为第二故乡，没想到会带着满心的创伤离开，人生啊！多么无奈，她在日记的扉页上写道：

以后的情感，不要仅仅是爱上一个漂亮的人，而要爱上一个使你生活变漂亮的人，一个与你灵魂相交的人，用心去感知一个人的真诚，而不要被表象蒙蔽了双眼。

　　到京后，乌兰达莱先到云雅为她联系的借调单位报到，她觉得云雅说得对，先借调干着，然后再联系单位调动，同时复习功课考研究生，生活是现实的，先得解决吃饭问题再考虑其他，云雅让她先去她家住一段，乌兰达莱婉拒了，她说："云雅，我还是住单位集体宿舍吧，不能麻烦你父母，影响你们家的正常生活，家里多一个人就多一份麻烦。你许久没在家，好好陪陪父母亲吧，你放心，我能行，我答应过你，会重新面对工作和生活。"

　　在报社借调的工作，乌兰达莱在副刊部的工作多是编辑一些文艺稿件，和跑一些文艺新闻的采访，这对她来说很快就适应了。毕竟中文系毕业，加之她的文学功底，主任表扬她悟性好，采编的稿件有质量，写的文艺稿件也有新意，希望她好好努力，能够早日正式地调进报社就好了，乌兰达莱对主任说："主任，无论能否调进来，我都会好好工作，谢谢您，给了我不少学习的机会。"

　　工作之余，她便躲在宿舍的蚊帐里看书，这期间活泼的她很少与人交流，她像一只受伤的鸟儿，独自在小小的窝里舔着伤口，这种伤痛有多深，只有她自己知道。

　　两个月后，云雅急匆匆地来找她，在报社外的饭馆里，乌兰达莱点了云雅最爱吃的京酱肉丝和烤羊肉串。见到云雅，她脸上有了一点笑容。

　　"乌兰达莱，你还是要坚强一点，忘掉过去，早一点走出来，你看你气色，小脸黄黄的，我给你买了奶粉，记得每天喝一杯。"

　　"好的，我知道了，谢谢你，这两个月你每周都来看我，电视台离这来回坐车近两个小时，你工作忙，真太辛苦啦！以后别这么奔波了，我会照顾好自己。"

"今天来，不光是来看你，是有个重要的事情给你说，我电视台和同事给我提供了一个信息，说一个国家的部委单位要办一个杂志社，是对外经济贸易方面的宣传外资企业和文化的杂志社，杂志设副刊部。听说部长是个女的，很赏识有才华的年轻人，要公开选人，个别人选部长会亲自定。下周就要递交个人资料，你准备一下，我陪你去递交。若能够进入面试，就有希望了，对你来说是个很好的机会，新成立的单位有编制，调动好办，在报社，想进编制调动很难，不知得等到什么时候，如果能调进这个杂志社，出国机会多，接触全国的外资企业，你的优势是文学方面，又在电视台当过实习记者。对自己要有信心，想想几年前，你十几岁可以找你的县长解决学费，若有机会见到女部长，有胆量推荐自己吗？"

"这部长是多大的官呀，我有点害怕。"

"我告诉你，听说这个部长修养、学识好得很，若进入面试，你一定冷静，把你的才华用到极致，这次机会对你太重要了！"

"嗯，云雅，我一定好好表现，争取机会。"

提交资料一个星期后，云雅接到了面试通知，但她见到的是杂志主编，主编对她说："乌兰达莱，你是面试的副刊部，所以在我这里，新闻、经济部的个别人是部长面试，能不能进来，还得等一段时间，显然副刊部不是杂志的主要部门，但竞争也很激烈。"

乌兰达莱一听，心悬了起来，她在等电梯的时候，碰到了刚参加完经济部面试的人，他说部长当场就决定录用了，乌兰达莱走出大楼，突然她又转回身上了电梯到了面试楼层的电梯口，她想女部长面试完肯定会坐电梯吧!

等了一个多小时,部长和秘书终于出来了,进电梯后,见没有其他人,乌兰达莱对部长说:"部长,我等了许久终于见到您啦!"

"小姑娘,你等我有事吗?"

"部长,我是外地人,已经进入面试,但是是副刊部,无缘见您,这里有我写的一篇关于对外资企业文化的文章,想请部长看看,我不想失去这次机会,但我希望能够靠自己的能力被选中。"

"这小姑娘,有勇气,有闯劲。好,何秘书,把她的文章收下,回去我好好看看。"

乌兰达莱把早准备好的个人简历,发表过的获奖文章和阐述外资企业文化的文章的文件夹一齐递给了何秘书,见她不卑不亢的样子,部长很慈祥地对她笑一下,看着部长离去的背影,她心跳得都到了嗓子眼儿。

看天还早,她准备去电视台看云雅。这半个月忙,她挺想念她,见到云雅,她把见到部长的情况一本正经地汇报了一番,云雅说:

"乌兰达莱,你行啊!有自己的想法,看来是遇着贵人啦,有戏啦!"

"只能等着老天保佑,女部长能欣赏就好啦。"

没想到,第二天她接到杂志社的通知,让她去取调令。

人事部部长亲自把调令交给她并对她说:"乌兰达莱,部长很欣赏你,说你的文章写得很有水平,部长亲自批示录用你。"

一个月后,乌兰达莱正式到杂志社上班并分到了一间宿舍,云雅帮她搬家,两个人高兴得像过年一样,买了香槟酒,在食堂打了几个菜，喝得脸都红了。

"乌兰达莱呀，你真是贵人相助呀，部长赏识你，特批了录用你，还被杂志社任命为副刊部主任，前途无量呀！"

"云雅，首先得感谢你，你对我的好，我一生都会铭记于心的。"

"我们俩是同学，好姐妹，我家就我一个孩子，遇见你就像是遇到了上一世的亲人，不知不觉中我们已成为知己，能帮上你一点忙我真是高兴。重要的是你自己，有才华，你用你的才华、人格魅力赢得了欣赏，接下来有什么打算？"

"好好工作，复习功课考研究生，听你的话，开始新的人生。"

"个人问题呢？"

"这几年不想再考虑这个。"

云雅看见乌兰达莱眼里掠过泪光，她知道她内心的痛，这种痛是用语言无法形容的。

北京的夏天是炎热的，对一个记者来讲也是考验，三伏天去采访，没做过这种工作的人是无法体会这种痛苦。乌兰达莱在做一个系列的报道，关于企业文化和员工素质的，这是她策划的一个项目，主编很支持认可，乌兰达莱希望把副刊搞得生动有意义，她亲自跑采访，写重头，因此每天忙得汗流浃背，脸也晒得黑红黑红的，主编说，没见过她这种女孩子，做起事来完全是男孩子的风格。

这天主编和广告部主任请她到会议室，主编说："乌兰达莱，请你来，是想让你和广告部的同事一块儿出趟差，去趟深圳，你的采访水平大家都是知道的，这次我们和电视台合作拍一系列的企业形象纪录片，当然带点广告色彩，借此，给杂志社搞一些创收，现在是经济时代嘛！这个服装公司的老总是加拿大华人，听说是比较有文化的商人，但是驻站记者几次采访都被拒绝了，因此，请你这个才女出马，拿下这个项目。给你几个月时间复习，考研究生。"

"真的，主编？"

"君子一言，驷马难追。"

"好的，主编，一定努力完成任务！"

乌兰达莱一行到深圳后，第二天一早便赶往服装公司采访，在会议室等了半个钟头老总才踱着方步进来。

聊了一会儿企业发展方面的问题，老总开门见山地说："乌兰达莱主任，这些年我见的记者多了，但多是找我拉赞助，搞宣传，满意的不多，这样吧，你若明天能够给我写一句满意的广告词来，宣传方面的事再说。"

"好的，那我们明天见！"

出来后，女同事急急地问："主任，我们几个谁会写广告词呀？"

"不会写，也试试吧！我来吧，孤注一掷！"

"那明天就看你的啦！"

"反正今晚不睡也要想出来，不行明天打道回府呗。"

夜晚的深圳，美好而充满诗意，乌兰达莱站在窗前看着深圳的夜景陷入苦思冥想，午夜时她在稿纸上写下一句广告词来：

——你的气质，来自你的灵魂。美顿，包装你的灵魂。

第二天乌兰达莱一行坐在美顿服装公司的会议室，十几分钟后公司沈总出现在会议室，他坐下第一句话就问乌兰达莱：

"姑娘，广告词写好没有？"

乌兰达莱递过去一张稿纸，不卑不亢对他说："沈总，你过目一下，不满意我们马上离开这里。"

沈总盯着稿纸看了半天，怔在那里不说话，乌兰达莱站起身准备离开，沈总突然大叫："好词呀，乌兰达莱主任，你太有才华了，写出了我的心声，这是我最满意意的一句广告词。"

"你的气质，来自你的灵魂。美顿，包装你的灵魂！"

"这是我一直想表现的，但写不出来，你写出了我的心声呀，太好了。"

接下来洽谈顺利，广告部和沈总签了二十万的广告宣传费，沈总要求和电视台的合作项目中解说词必须由乌兰达莱写。还特地请他们一行在酒店吃了顿大餐。

回京后，主编请乌兰达莱到办公室坐下，还泡了一杯好茶，对她说："乌兰达莱，你呀，这回可是给杂志社立了大功，我们第一次接了这么大一个单，杂志社今年的工作好开展啦。我说话算话，从今天开始，放你三个月假，复习考研。"

"主编，真的！"

"当然是真的，考上给你带工资去上，只是没课的时候要给杂志社工作哦！"

"太好了，主编，这正是我所期望的。"

乌兰达莱准备复习考研，她经过一系列的了解之后对云雅说：

　　"云雅，像我这种特殊情况读出来的大学来说，走正规考研的路是不可能的，首先外语就给我难住了，我了解到现在文学院和师大在联合办研究生班，就是为了文学创作上有成绩的作家而办的，我虽在文学上比不上年长的作家，但年龄上占优势，我准备考这个班，不需要外语。"

　　"这是个好主意，只要有机会学习，上这个班也不错，你是喜欢读书的人，我们是为了多学知识，不仅仅为了文凭。"

　　"那我得赶紧把我发表和得奖的作品准备好，还得请名家写推荐信，然后考试。"

　　"这些都不是问题，你在文学院读过大专班，找文学院的老师推荐不成问题，只要好好复习文化课，考试也不在话下。"

　　"还是有点紧张的，这次机会若失去了以后就没有机会啦！"

　　"你一定行的。"

　　三个月后，乌兰达莱拿到了师大和文学院联合办的研究生班的录取通知，想想这几个月来的奋战，像打仗似的，仗打完了，人一下也泄气了。她坐在桌前，盯着窗外的白杨树，那一个个眼睛仿佛向她诉说着什么。

　　她陷入了沉思，二十多年来的一幕幕浮现在眼前，遥远的鄂尔多斯山，沙漠、羊群、泉水、冬青树、湖泉寺、娘娘、弟弟妹妹；还有南方的珠江水，让她一生也不能忘却的那段爱情，曾经用生命来爱的一切，都是那么的遥远和苍凉，心底深处流淌的那股热血，唤起的是一次又一次起伏而又平凡的人生。

第十章

九月的北京，杨树的叶儿开始黄了，乌兰达莱穿着一件杏色的风衣走在秋天的街道上，她的穿着和秋天的颜色很搭调。

她走进师大的大门，看着进进出出报到的学生，心情也开始飞扬起来，二十二岁的她正值青春年少，许多的梦想和抱负将从这里重新开始，她望着校园内一排排的白杨树，挺拔、刚直，直冲云霄；看看天空，万里无云，秋高气爽。这么久以来，第一次感觉一切竟是如此的美好。

研究生女生宿舍楼里井然有序，报到的学生自然有序地收拾行李床铺，乌兰达莱走进宿舍，云雅昨天已经开车把她的行李送到了宿舍，因为她今天开会不能陪她来。她便自己过来准备收拾好。

进门看到新报到的三位室友正在忙碌，见她进来都停下来望着她，其中一位三十多岁的女同学笑呵呵地说："你就是乌兰达莱呀？这么个小女孩，定是我们班最小的那个吧？"

"她是特招生呢！这小丫头可不一般呢，昨天报到时，欧阳老师特别地提到她呢，别看小，已经是杂志社的副刊部主任啦。我们以后发稿子还得请这位同学帮忙呢。"

乌兰达莱不好意思地笑笑，转移话题说："各位室友，介绍一下，认识认识，以后请多多关照呢！"

"啊呀，瞧人家这情商，看我们，都忘了这个环节了。"

"我叫雷雨音，是烟台来的，在文联工作。"

"我是方英杰，是陕西来的，在报社工作。"

"我是李雪，海南来的，在大学当老师。"

方英杰快人快语，挥着新闻采访式的手势说："我们大家都是带职上学，都是有一定经历的人，相信大家一定能够团结友爱，互帮互学。尤其是我们三个都是过了而立之年的人啦，要多多关心这个小不点，她可是我的西北老乡。"

"那是，我们几个大人，怎么会不照顾一个小不点呢？更何况是个小才女呢！以后得叫姐姐。"

乌兰达莱作揖向大家说："诸位姐姐，能够和你们做同学，做室友，非常荣幸，以后多多向你们学习，你们都是有成就的工作者和作家啦！还请你们多多指教我，这里我资历最浅。"

"瞧这小嘴甜的，真不是一般人，有句老话说的'三岁看到老'，别看人小，这小脑袋瓜真灵呀！"

温柔娴静的李雪走过来搂着乌兰达莱的肩膀说："小不点，姐和你商量件事。你看姐年纪大了爬上床有点困难，你可否和我换一换。"

"好的，没有问题，安排宿舍的人可能忽略了，给我安排在了下床，我还喜欢上床呢，这个床护栏高掉不下来，可以在上面思考问题呢！"

"太谢谢小不点了！"

方英杰说："李雪，今天晚上请客啊！我们都沾小不点的光。"

"好的，今天我请客。收拾完我们去吃饭。"

乌兰达莱读的这个研究生的特殊性是以文学创作研究为自主的课程比较多，更让她喜欢的是许多名作家的授课，让她对文学有了进一步的认识和敬畏。

开学半个月，她基本已经适应了研究生的学习生活。没有课的下午的个别时间，她还回杂志社编辑副刊的稿件，主编说她希望她能够半脱产的学习，这样她就有全额工资收入，如果全脱产，她就只能拿基本的工资，同时她的工作位置如果给别的同事，读完书又得重新开始就难了，乌兰达莱很感激主编的这一安排，她每周都争取两个下午回杂志社工作，这对她也是极好的锻炼和挑战。

一个周末的晚上，宿舍的另外两个室友出去玩。只有她和李雪两个人，她们相约着吃完晚饭，散步回来学习到十点便上床休息。

一周的劳累让她一靠着枕头就睡着了，睡梦中梦见上次回老家临行前娘娘和母亲送她出村口的情景，老人家的身影立在晨雾中，花白的头发在风中飘动，远处的山泉映着她们的身影。

忽然，她从梦中惊醒，准确地说是从梦中被一阵啜泣声惊醒，她揉揉眼睛，静静地望着李雪，想想自己经历的种种，眼泪也禁不住直往外涌……

许久，乌兰达莱擦干眼泪，爬下床，拉亮了电灯，走过去坐在李雪床边，望着她出了好一会儿神，李雪捂着脸哭啜泣着，眼泪是不断从指缝流出来，她暗暗吃惊，李雪的泪泉怎么会有那么多？犹如海南岛周围的海水。

她把手搭在李雪肩上，另一只手掰开她捂着脸的手，怯怯地说："雪姐，你是怎么啦？为什么一直哭呢？"

李雪抬起头望着地，乌兰达莱惊异，好一张漂亮的脸，虽然满脸泪痕中透着苍白，她想起一次奇遇看到过的昙花，李雪的这张脸，真可以与那夜露中的昙花相媲美了。如果她是个男人，也许会对她一见钟情的。

乌兰达莱望着李雪可怜兮兮的样子，不由得生出怜惜来，她似乎忘了自己的年龄，把李雪当成小妹妹来。

她打来洗脸水，拉起李雪说："雪姐，别伤心啦，来，洗洗脸，喝杯热水。"

等李雪洗了脸，平静了下来，两个人围被子坐下来，李雪向她讲起她的经历。

"我家住在海南岛，父母就我一个女儿，视如掌上明珠，从小我在这样的环境中长大，没什么痛苦。真正使我感觉到世界上还有痛苦的时候，那是我从中专毕业之后。

"我没有考上大学，但被录取到中专，学的是财经，爸爸说也不错，出来能分到个合意的工作，因为我父亲是一家大公司的经理。

"不觉两年过去了，我毕业了，被分配到一家很不错的单位，接着而来的是一切一切的烦恼。介绍对象的或约我的男孩子简直让我难以应付，他们都是一些人物，其中有一位是爸爸公司副总经理的儿子，他大学毕业，年轻英俊，又会在老人面前献殷勤，父母无疑看中了他。

"可我的感情是属于另一个人的，你是小孩子也许不懂得感情的价值吧！一旦一个人在你心中占一定的位置，那么作为一个把感情看得很重的女孩，一定会很珍惜的。

"他是一位普通工人，长得也不是那种别人眼中的'白马王子'，相貌一般，但很清秀，如果你真正爱上了一个人，那么他的外貌并不占主要地位。

"我们工作都很忙，我热衷于文学，喜欢写些东西，而他则是我的第一位读者，提出不同的修改意见和看法，我们彼此很理解。他含蓄、聪明，为人实在，从不矫揉造作和过分地献殷勤，也许，这是我喜欢他的主要原因。

"有一次，我得了一场重病，整整住了一个月医院，他总是在等看我的人都散去后才悄悄地走进来，坐在床前望着我，或者给我读一些书籍，每天都陪我到很晚才离去。我们没有那种'罗曼蒂克式'的恋爱史，但我们却爱得很深，真正的感情不是建立在甜言蜜语、花前月下的……

"可是他不敢直视我，他对我说，他害怕人生，如一张网，怎么也难冲破。我理解他，这不是怯懦，现实毕竟是残酷的，我的父母是不接受他的，而且很坚决。母亲甚至监视着我和他来往，我真正成了活囚犯，而那位副总经理的儿子对他的朋友说：'我一定要得到她，如果自己想得而得不到的，宁可毁了她也不能让别人得到。'是的，他漂亮、有才能、有地位，可我一见他就是烦，并不是所有漂亮男人都能赢得女孩子的心。

"父母的干涉简直让人无法忍受，我真不明白，父母爱儿女，可他们想到过儿女的感情世界吗？他们也很自私，想到的是自己的尊严、利益，他们讲究'门当户对'。

"从小没忧没愁的我，陷入了无限深渊，我不忍伤父母的心，可是我为什么我连起码的自由都没有？在痛苦中才决定报考成人高校，想解脱一下，可是录取通知下来，父母大动肝火。爸爸说如果我想上学，他送我上财经大学，他不希望我学中文，我一再坚持要去，父母就亮出一张王牌，必须同意和副总经理的儿子结婚，否则他就与我断绝一切关系，不认我这个女儿。我真不明白，都九十年代了，父母竟还是五十年代的思想。我一气之下打了行李，趁他们不在，离开家上了火车，既然父母不认我了，何必勉强呢？今天一种无形的孤独感使我怎么也忍不住自己的眼泪。

"他一定急坏了，我很想让他送送我，可是不能，我只能一个人来，免得父母日后找他的麻烦，我只想在这里读书，尽量抛开一切，我感到太累了……"

李雪不说话了，泪水从她的眼里涌出，闪着晶莹的泪光，虽然她说得简单，这一定是年龄上的差异，恐怕乌兰达莱不能够理解吧？但她能对她说这些就足以证明她很信任她。

"那么雪姐，你就准备让你那位伤心到底？明天我陪你去给他发个电报，给你的父母也发一封电报，他们一定急坏了。要知道，世界上没有父母不爱儿女，只是方式不同而已。"

"小妹妹，你真好！这么小就这么懂事！"她把脸贴在乌兰达莱的脸上，她的肌肤很嫩，贴在她晒了一夏天的粗糙的小黑脸蛋上，那么的舒服，不一会儿，她便睡着了。

以后，进入到紧张的学习，李雪很用功，她很少出去玩，偶尔出去买东西，总要叫上她。

乌兰达莱怕课程赶不上，常熬夜学习，怕影响同学休息，点着蜡烛。每天早晨总来不及吃饭，李雪则把饭端上来和她一块儿吃，说真的，她很不好意思，同宿舍四人，弄得别人很羡慕，也很嫉妒，但她们对她这个"小班长"蛮不错。

一次乌兰达莱写着字睡着了，把蜡烛碰倒，额前的头发烧掉一大圈，额头烧得发疼，早上一照镜子，天哪，怎么去上课？她气急败坏，把镜子朝门外摔，弄得她们几位也都挺为她惋惜的。她坐在床上抹起眼泪来了。

李雪没说话，望着她的头发在屋里徘徊着，嘴里喃喃着："小不点的头发成这样了，怎么上课呢？"

她开始翻自己箱子，从里面找出一把剪刀，还有一个红发带，乌兰达莱带着眼泪疑惑地望着她。

"来，小不点，我给你收拾收拾，别哭了。"

她把乌兰达莱脑袋揽在怀里，用梳子梳起来，还用剪刀剪着。后来，把发带也给戴上，又拿过眼镜给乌兰达莱戴上，乌兰达莱稀里糊涂地让她摆弄。

"来照照镜子，蛮漂亮的，比你原来的小辫子好看，照一照镜子。没办法，只能这样了，嘀，你可真行，丑小鸭还真变得好看了，没想到因祸得福了。我把前面烧焦的都剪掉，又把头顶的头发梳下来盖住烧焦的。剪成齐齐的刘海，而头顶的一道白头皮，则用发带盖上了，还把头发底下也剪齐了，正好披在肩上。"

乌兰达莱望着她笑了："大姐你真行！"

"你不哭鼻子就行了，好啦，快吃饭，吃完饭上课。"

乌兰达莱拿起馒头狼吞虎咽起来，李雪在一旁笑眯眯的。两个小酒窝挂在腮边。

一个月后的一天早晨，李雪忽然对她说："小不点班长给我请个假，我要去办一件顶重要的事！"

"什么事？不告诉我，我怎么给你请假！"乌兰达莱向她做着鬼脸。

"好吧，小班长，你和我一块儿去吧！"

坐上了地铁，她拉着乌兰达莱往外跑，到出站口便停住了。这才明白她是来接人的，如果知道接的是她的那位心上人，她才不上来呢！多难为情，人家见面，定是悲喜交加……

"雪姐，接谁呢？"

"你就别问了，还想溜吗，没门儿。"唉，让人看透心事真不好，她有点嫉妒乌兰达莱太了解她。

等了好久，传来火车的长鸣，不一会儿人们走出了站口，李雪的眼睛也紧紧盯着人群滴溜溜地转。

"阿雪……"一声呼唤把她们惊醒。面前站着一个小伙子，年龄和李雪差不多，虽说不是很英俊，但那种清透朴实给人一种好感。

李雪脸红了，对乌兰达莱说："小班长，他就是我给你说的张岩……"

乌兰达莱冲他点点头，装出一副礼貌相。

"张岩，这是我们的小班长，我的小不点妹妹。心眼儿可好啦！"

"噢，小妹妹，你好！"他很有礼貌地说着。

"雪姐，你们先在这等等，我去买点东西。"乌兰达莱趁机想走开，人家刚见面，她还是长点心眼儿好。

作为班长，乌兰达莱负责安排来探望的学生亲人。把李雪的朋友安排在学校最好的招待所里。也许有点偏心，李雪的男朋友，她自然是另眼相看了。

"雪姐，给你请几天假，陪小张玩玩，来一趟不容易。"她对李雪说。

"小不点，还真像个大人，想得可真周到，你和我们一块儿去！"

她扑哧笑起来："傻大姐，我可不去，明白吗？"

"鬼心眼儿真不少！"

每天下午，李雪陪小张回来，脸上总挂着笑，看来她挺幸福的，她告诉乌兰达莱，放假就结婚。

李雪挺倔强，父母寄来的钱全退了回去，每月只用她那半脱产读书的钱。而她男朋友寄来的钱也退回去，原因是，男方的家境不好，让他把钱给家里。她对乌兰达莱说："父母虽然不想认我这个女儿，那么等我有了成绩再去见他们。所以，一分钱也不要花父母的。"

送走了男朋友，生活又恢复了平静，李雪又开始紧张的学习，就是有时总望着窗外发愣、沉思，出于年龄上的差异，她不便多问，免得引起李雪的悲伤。

日子在不知不觉中过得很快，放假了，大家归心似箭，李雪一直把她送到车站，千叮咛、万嘱咐的，让乌兰达莱回到家一定给她去信。

为了表示对李雪婚礼的祝福，乌兰达莱把比赛得奖的一台录音机送给了她，她们之间是不寻常的情如姐妹。她向李雪抱歉，不能去参加她的婚礼，想家想得要命。

站台上，她们流着泪道别，车开动了，李雪还站在那里向她招手，直到望不见她，谁知这竟成了诀别。

"你们知道吧？李雪自杀了。唉！真可惜。听说喝的是砒霜。"这是乌兰达莱开学刚进校门便听到的消息。她艰难地走到校园里她俩常看书谈话的地方，见物思人，眼泪如泉涌，李雪一向坚强、倔强，为什么走这条路啊！她捶打着树干，耳边只有风声，她憎恨起一切来，人间为什么这么容不下人，她真不明白，倔强得连父母寄来的钱都退回去的李雪会走这一步。

乌兰达莱不知道自己是怎么被同学弄回宿舍的。醒来的时候天全黑了，黑暗压得人喘不过气来。她想起她与李雪的初次相识的情景，她烫伤了脚，李雪天天背着她去上课，豆大的汗珠从她的额上直往外淌。

也正是在这时候，接到去上海参加笔会的通知。她和李雪的作品都被登载了，李雪是头条，而她的那部作品被名家们讨论了一番，并提名要见见她们两个，听听她们的创作体会。

乌兰达莱望着通知，还有什么意思，李雪已经不在了，只剩下她一个人的孤独之旅。她的每篇作品她都看、修改，只有李雪才能真正地理解她，了解她的心，也因此，她不喜欢把她的文章给别人初看，只有李雪是她的第一读者。伯牙弹琴，子期听音，可是李雪永远也不能做她的知音了，失去了一个知音的痛苦，别人是难以体会的。李雪如昙花一现，在人世间永远消失了！她想写，可是写不出来她的一切。

黄浦江边，乌兰达莱望着江面深处，她们说过如果能来上海，我们俩谁也不带，就她们俩，一定到黄浦江边感受江水的澎湃。这次她也不让任何人陪她，独自一人来到江边，李雪若在天有灵，一定会和她在一起的，属于她们俩的世界该有多好。乌兰达莱泪如江水，无法控制住。她有痛苦，向谁诉说？本想，自己也有无法让人理解的痛苦，本想见到倾诉一番，可再想看到李雪音容笑貌，永远不能了。如今，只有她独身一人，没有人能听懂她的心声了……

乌兰达莱醒来的时候，太阳的光已很弱了，江面也显得很平静。她真希望自己永远昏迷，失去知觉，也许是一种幸福，她愣愣地爬起来，从内衣口袋里拿出李雪的信和生日卡。

小不点妹妹，你好！

这是我写给你的最后一封信了。当知道我永远离开这个世界的消息，你不要难过，也不要问我为什么自杀，我是弱者，不愿再挣扎下去，唯一让我留恋的便是我的恋人和小妹你，是你们给了我爱情和友情，我已经没有力量再挣扎了。

小妹，你还小，虽然生活苦点，但你是一个坚强的女孩，千万不要放弃你现在的路。一定要成功，你聪明，天资也好，你会成功的。

小妹，也许是缘分使我们萍水相逢又相识。你朴实、勤奋，在生活上我把你当成一个孩子。可在对人的看法和见解上我把你当成大人，我有许多话想给你说，但我不能对你说得更多，你毕竟才二十几岁。天真、纯洁，等你二十六岁的时候我想你会明白的。

离世对我并不痛苦，是一种解脱，我留给你的只有一箱书，还有这两张生辰卡。因为它上面有两片红叶，寄托着我的思念，我的灵魂也会思念你。记得你对我提过有一个朋友，是军官。你虽没说，但给我看过他的信，我看出他很喜欢你，你们的感情是真诚的，但不要因此而影响学习。等有天你发现自己是真正爱他的话，就把这其中的一片红叶送给他，姐姐为你祝福。

小妹，愿你永远活泼、可爱、朴实、勤奋！

姐姐：李雪

8 月 20 日

乌兰达莱想起李清照的诗：生当做人杰，死亦为鬼雄。李雪在人世间只是昙花一现便消失了。她选择这条绝路，但愿在天之灵能得到安息。

乌兰达莱望着黄浦江，发出一声悲呼："李雪，你在哪里……"

回答乌兰达莱的只有江水的悲鸣，天空乌云密布，像要吞掉一切似的。她的眼前是让她喘不过气来的黑浪，一切都将在呜咽中等待。

在李雪去世后的几个月里，乌兰达莱沉浸在悲伤里不能自拔，她惊奇地想到：男人与女人都是什么心理？恐怕不是读了弗洛伊德的心理学就能掌握的。人类如果有一种伟大的爱，那么它应该是至高无上的，互相没有欺骗、坦诚相待，没有一丝肮脏的东西存在，那么懂得这种爱的男女便应该是爱的先驱。

自古以来爱情是文学的主题，乌兰达莱在读世界名著和中国古代名著时，无不为其对爱情的描写而感动，人性的美与丑、善与恶，在许多名著里表现得淋漓尽致。

从李雪短暂的一生里，她看到了人生的无奈，她不明白，李雪为什么会以死来面对这个世界？难道生命真如鸿毛吗？

乌兰达莱想到了将来毕业论文的题目《现代女性的人生观、爱情观》，她将用一年的时间来完成这篇论文，她暗笑自己的痴傻，一个还没有婚姻的女孩子写关于爱情观点的文章？她希望李雪在天之灵能够给她一些启示。

乌兰达莱在边读研边工作的状态下行走着自己的人生之路，无论怎样的方式，她都在按自己的意志支配着自己的行为。她从不会去为自己吃过很多苦而感到悲哀，因为苦难能够使人明白许多的人生哲理。

世界是很大的，容得下你，也容得下他，每个人都将在这个世界上留下自己的印记，不管是辉煌抑或是卑微。

第十一章

　　乌兰达莱研究生毕业回单位上班的第一天，走在路上，她想起娘娘说的因果、因缘、轮回等概念，她对舍得、放下等佛教用语很有兴趣，这看似简单实则难以做到的道理又有多少人能理解？

　　世间没有恒常不变的事物，世上的万事万物无时无刻都处在生灭流转、不断变化的状态中；人生只有不执于万物、不住于万物，才能真正地悟及本心，脱离苦海，才是最高的境界。

　　乌兰达莱人生的最高追求是什么？

　　工作充实而忙碌，除编辑副刊外，她还时常被主编安排写一些重点的见闻稿和企业家专访，主编说很欣赏她的专访稿，具有新闻的质量，也有文学的精彩，两者结合得非常好。

　　云雅已经是一个孩子的妈妈，她对乌兰达莱说："乌兰达莱呀，你都快二十四岁了，个人的问题不能不考虑呀！"

　　"哈哈，有你在，还愁什么，上次你和你先生介绍的人和别人介绍的，几个人的照片都寄回家了，让我老爹选。"

　　"选中没，老人家怎么说？"

"老爹选得就是你介绍的你先生的同学，老爹说，此人面善，看着顺眼。"

"那你呢？你看上没有？"

"我觉得老爹说得有道理，先处着看看吧，我不想在这方面浪费精力，一切随缘吧！"

"这一点我批评你啦，个人问题是大问题，要放在心上哦，这个军官可是看上你啦，我希望你今年年底就结婚。"

"云雅，忘了告诉你，我准备下半年回家乡挂职，结婚嘛，起码得挂职结束两年以后再考虑。"

"这倒是好事，你现在是副处，要有挂职经历回来才可以提拔，更重要的是有锻炼的人生经历，你们主编真是太赏识你了，处处为你开绿灯。当然这也是你自己努力工作的结果，你今年还为杂志社拿了奖，真替你高兴呀！"

"还有你的支持鼓励呀，每次的失意得意都有你在身边，我感恩有你，这是我人生最值得珍惜的，也是我们前世修得好，有这样的福报。"

"瞧这孩子，年轻人尽说些老人的话，对啦！为什么不选个离北京近点的地方？"

"回家乡挂职是我自己提出来的，刚好许多人不愿意去西北。我不一样，那里有我的故乡，对故乡，我是有特殊感情的，同时可以多回家看看娘娘和父母，他们都年纪大了，我尽孝的时间有限。"

"是副县长吧，主管哪些方面？"

"主要是宣传和林业。"

"你现在有目标吗？想干点什么大事？"

"我主要想治理沙漠，我们那个县不到三万人，土地一半是沙漠，我就想让那里的沙漠变绿洲。"

"好的，乌兰达莱副县长，好好努力吧，希望看到你的绿洲。"

半年后，乌兰达莱回到了她家乡，鄂尔多斯县。走进县委大院，心潮起伏，她暗下决心一定做好这份工作。

安排好宿舍，她回家看望老人，娘娘和父母见到她嘴都合不拢。娘娘说："看看你们生了个好女儿，从放羊的孩子到现在的副县长，给你们长脸呀！"

余海说："姐姐，这孩子都是你从小教育出来的，都是你慧眼识人，若不是辍学后你鼓励她学习、写作，哪里有她的今天呀！"

"孩子，看你爹，多会说话呀，阿弥陀佛。"

母亲端上了素馅的饺子，一家人唠着家常，吃着水饺，乌兰达莱年幼时的欢乐景象又回到了眼前。

上任后的第一个月，乌兰达莱副县长便开始奔波在林场沙漠间。在挂职上任的第一天，县委书记在常委会上对她说："乌兰达莱副县长，现在有个艰巨的任务交给你，原来陈副县长主抓的治沙项目，之后的工作就由你来抓啦！"

"多谢书记信任，这也是我最想抓的工作，一定努力，不辜负县领导的信任。"

她先是了解了陈副县长之前对沙漠治理的情况和项目进展，然后是对新一轮的治沙项目重点来抓。

这天她带治沙组一行人到沙漠一带考察，组长给她介绍说：

"我们县东临鄂尔多斯高原，西临黄河，靠黄河的这一部分沙漠丘陵已经有不少开垦成了良田，接纳了南部山区的移民安置。东面的沙漠现在是重点治理对象，这些沙漠如果不能好好治理，将来的沙患将会带来无法估量的后果。"

在结束考察后的县委常委会上，乌兰达莱提出了她的治沙方案："我们县的沙漠化比较严重，我想目前我们可以从两个方面治理入手，一部分是引进资金承包治理；一部分是鼓励群众加入到治沙的行列中来，县各个职能部门也承担一部分的治沙任务，专款专用。务必做到每年治沙的成效。"

她的方案得到了常委们的一致认可。

三到五月里土壤的返湖期，是栽种树苗的最佳时间，这段时间里，乌兰达莱副县长一直在治沙的最前线，首先采取的是封山育林，禁止到沙漠丘陵放牧，让沙漠有休养生息的机会，她从小时候放羊的经验中，知道鄂尔多斯山的野生植被很丰富，有白茨、苦豆子、花棒、杨紫、沙蒿、锁阳、苁蓉、地瓜丝、沙冬青、红砂、毛条、碱蓬、老乌柴、马板肠、谷油草、沙半、沙打旺、柠条、河柳、棉蓬、河芥、苦苦菜、沙葱、沙芦草等，只要有充足的水，这些野生植物就会生长茂盛，怎样才是最合理的治沙造林法呢？成了她最大的心病。

她决定带领治沙组成员走陕西，到甘肃学习治沙经验。可是学下来的经验只能是参考，鄂尔多斯山独特的地理位置得有独特的治理方法才能达到植树造林、固沙的效果。

经过多方考证，乌兰达莱副县长决定选择引进以色列滴灌技术。

　　她先了解以色列的节水灌溉，水是以色列政府发展农业优先解决的大问题。因此，节水灌溉技术成为该国的重要课题。

　　乌兰达莱认为这种滴灌技术适用于鄂尔多斯山的植树固沙，经过试验证实了她的选择是正确的，先是在黄河边建设了一级泵站，然后又在治沙区建二级泵站，先把水抽高 36 米到输水工程的最高点，然后用直径 2.74 米的管道向治沙区输送；在试验治理区先后修建输水渠 1000 多米，铺设输水管线两万多平方米，直至沙漠纵深地区，并将地下水的抽水系统联成网，年供水量达世界先进水平，这种新型的灌溉系统完全由计算机控制，根据土壤沙土的吸水能力、作物种类、作物生长阶段和气候条件等定时、定量、定位为林作物供水，不仅使水资源利用率达 95% 以上，而且大幅度提高农林作物的单位面积产量。

　　乌兰达莱了解到，此种技术是以色列科研机构多年研制出来的，硬韧性塑料管、接头、过滤器控制器，其内嵌式滴管线，基本解决了滴灌易堵塞问题。目前居世界领先的压力补偿滴管线，在长达 800 米范围内滴头的出水率均匀、水流变化小于 10%。

　　乌兰达莱在治沙会议上讲到这一技术："这项以色列滴灌技术的喷灌、微喷灌及滴灌都适用于我们鄂尔多斯县的环境、具备优质的使用率，它的特点是直接供水到植物根系，减少了水蒸发损失，过滤系统比较好，有专门用于处理水质过滤且自动化程度高的过滤站，采用电磁阀控制开关和反冲洗，有网式、叠片式、离心式、砂石过滤器，采用多个系列的自动灌溉的流量控制阀。而计算机在沙漠节水灌溉中的应用、沙地下面的湿度传感器可以传递有关土壤的信息，传感器系统能够通过检验植物的茎和果实的直径来决定植物的灌溉间隔。我们对沙漠植物采用水肥灌溉方式，直接接触植物根部，并由计算机自动控制水和肥料的配比使用，精确施肥，一次完成，有利于树苗吸收水分和养分，这种方法提高了劳动生产率，使沙生植物的成活率达到 90% 以上，这项技术若在我们县成功，将是一个奇迹，我有信心带领大家创造这个奇迹。"

解决了灌溉问题，接下来是栽种树苗，西北的三月，气候变化无常，头一天辛苦种下的树苗，夜里一场大风过后，连根拔起。乌兰达莱看着被风吹倒的树苗一站就是半天，她躺在沙丘上，望着天空，又看看黄河，泪水悄然而下，是不是该放弃？

她内心的回答是，不，绝不放弃！娘娘说过："孩子，凭你的蕙质兰心，一切困难压不倒你，你是鄂尔多斯山的女儿！"

她不能被风沙吓住，吹倒了，再栽，她让村民们运来麦草，在树苗四周扎草方格，浇上水固沙，这个办法还真有用，风沙再来时，麦草起到了很大作用，树苗被连根拔起的逐渐减少。

沙漠里没有休息的地方，乌兰达莱和大家在沙漠里一干就是一天。中午和大家一起吃点干粮、喝点开水，整整几个月都顶着烈日，她的脸又回到了童年时代的麦色。

在种草栽树的过程中，乌兰达莱对要在沙漠里种植的每一种树木的成长、栽种过程了如指掌，她如一个林业专家，为她的治理工程制定知识性方案。

樟子松、松柏、云杉高度 2 米以上，土球直径 60 厘米以上，根系完整，无病虫害、失水现象，栽植时需换土，植树穴为：$1 \times 1 \times 1$。回填上石沙，种植土和有机肥组成的混合土，并及时灌水；栽后三个月之内及时叶面喷水，植树穴及时补水，第一个月内补水 3 次，年补水 3—5 次，补水时灌透，冬季三年之内采取防风措施。

新疆杨：胸径 7 厘米以上，高度 2.5—3 米以上，根系完整，无病虫害、失水现象，栽植时需换土，植树穴为 0.6×0.6×0.6，回填有石沙、种植土和有机肥组成的混合土，并及时灌水；栽后 3 个月之内及时叶面灌水，植树穴及时补水，第一个月内补水 3 次，年补水 3—5 次，补水时灌透。

沙树：树苗高度 1 米以上，地径 5 厘米以上，根系完整，无病虫害、失水现象，栽树时需换土，植树穴为 0.4×04×0.4，回填土后及时灌水；栽后 3 个月之内及时叶面喷水，植穴及时补水，第一个月补水 3 次，补水时灌透。

沙蒿等沙生植物，在雨季对裸露沙面经草方草格治理后通过人工撒播、穴植等方法进行治理，部分有野生植被的沙米等沙面，进行喷水方式，使其自然生长。

她想起小时候她自己引来泉水在月亮湖沙漠园子里种瓜种菜的事情，于是她便在沙漠实验区开垦出一片沙地来，采用地膜种植的方式，种上了沙漠西瓜和沙漠甜瓜以及各种蔬菜——茄子、南瓜、西红柿等。

春夏之交，栽种的树苗渐渐地吐出新芽，沙漠上的各种野生植物也悄悄地露出新芽，沙漠草原显示出蓬勃的生机，乌兰达莱的心情亦如这些生命一样明媚、舒畅。

忙碌的日子飞逝而过，转眼到了秋天，春天栽种的树苗已经比人高出许多，沙漠上的各种植物将沙面覆盖住，秋风吹来时看不到黄沙漫天了，乌兰达莱将成熟的西瓜、甜瓜送到省城检验，专家说：

"沙漠西瓜日照时间长，昼夜温差大，有良好的日照条件和便于储存营养的巨大温差，因此，西瓜口感甜美，微量元素含量丰富，含糖量比一般的瓜高；沙漠甜瓜是夏令消暑瓜果，其营养价值可与西瓜媲美，甜瓜除了水分和蛋白质的含量低于西瓜外，其他营养成分不少于西瓜，而芳香物质、矿物质、糖分和维生素 C 含量则明显高于西瓜。多食甜瓜，有利于人体心脏和肝脏以及肠道系统的活动，促进内分泌和造血机能。"

乌兰达莱决定将这一成功经验向全县推广，她脑海里浮现出一幅画卷，不久的将来，鄂尔多斯山的沙漠将会是怎样的一番景象？

乌兰达莱副县长挂职的第二个阳春三月，她刚进县委大院，县委书记秘书迎向她，对她说："我正准备去你办公室呢，书记请你去一下他办公室，有重要的事情。"

她走进书记办公室，落座后，书记说："乌兰达莱呀，又有新的任务落你肩上啦。昨天我去市里开会，市里给我们县安排了新的任务，书记亲自找我谈了这项工作的重要性。我们县要安排一批南部干旱山区的移民，这就意味着要开发耕地，市里决定我们县月亮湖一带作为移民的重点开发区，据我所知月亮湖有几万亩的沙漠丘陵是你父亲余海承包的草场护林区。这次开发将要征你父亲承包的大部分草场，这个任务只有交给你去做了。这可是个艰巨的任务啊！"

"书记，我父亲是在我爷爷过去建的沙漠园子的基础上而承包的这些草场，这十几年为治理这片草场，他和我哥哥付出了很大代价。这个工作是非常艰巨，我能想象到有多么艰难，不过您放心，我一定把父亲的工作做通，这是关系到山区的移民的生存。"

回到办公室，她陷入了沉思，该如何向父亲谈这件事呢？她决定先回月亮湖找娘娘，向她请教如何和父亲谈这件事。

在佛堂里，她等娘娘敬完香，然后扶着她在院子里坐下，娘娘说：

"我们的副县长大人今天有空回来啦！不过我看你这脸色，遇着难事啦？"

"知我者，娘娘也，是有难事啦。"

娘娘听完她讲的难处，对她说："这可真是个难事呢。你爹这么多年为治理这片草场，带着你哥哥弟弟吃了不少苦，在风沙里植树、养草，现在要把这片草场推平改成良田，你知道他有多心疼，这个工作我看不好做。"

"知道难，才来请教您呀！"

"你知道你爹的弱点吗？"

"不知道。"

"他呀，对你，一贯是惯着的，你就去磨呗，给他买他喜欢的古籍书和香烟，慢慢感化，慢慢讲道理，来软的准行！他从来不对你发火。"

"哦，明白啦！"

乌兰达莱回家见到父母，父亲吩咐母亲和嫂子给她包饺子，还亲自跑去割他用地膜种的韭菜和沙葱，母亲说："你爹一开春就在忙活啦，说你最爱吃沙葱，他去年秋天就在沙漠里挖了沙葱根移栽到园子的地里，浇了水，春天刚暖和些就盖上了地膜，这不早早地就能吃上绿菜了，他可真把野菜变家菜啦。昨天还说让你哥给你打电话呢，让你周末天回来，喊着让我给你包韭菜馅的饺子、沙葱馅的包子呢？"

在饭桌上，见父亲高兴，乌兰达莱向父亲谈起国家征用草场移民的事，老爷子一听，急了，饭也不吃进了屋，隔着门还大声说："你这丫头，再和我说这个事，就别回家来了，你回老家挂职锻炼，先拿你老子开刀啦，这个草场我承包了五十年，看谁能抢去？"

父亲是真生气了，第二天乌兰达莱离开家他都没出来，还隔着门说："再和我谈这个事，你就不是我闺女，别回来见我。"

乌兰达莱流着眼泪离开了家，母亲说："你先回县里上班吧，等我们和他好好说说，让他慢慢想通，能和你说上话了就好办。"

"妈，我给爹写了封信，他气消了，您给他看看！"

半个月后，乌兰达莱回家看父亲，还没进屋，母亲说父亲赶着羊一早就去草场了。她说："妈，我去草场找爹吧！"

远远的她看见父亲和羊群，便让司机把车开回去，自己步行向沙漠草原的父亲走去，老父亲见她来，对她说："县长大人，亲自走过来了，怎么不在家等呢？"

"父亲大人，知道您老人家在这里，来看您呀，还给你背了旱烟袋呢。还有午饭呢！"

"你这丫头，来看我，定是不安好心！"

"爹，咱爷俩到鄂尔多斯山顶上坐坐吧！"乌兰达莱挽着父亲的胳膊撒着娇说。

"好，上山顶上坐坐。"

到山顶上坐下，她帮父亲点着旱烟袋，父女俩坐下来，她对父亲说：

"爹，你看，远处的黄河，山下的草场和羊群，多美呀！"

"美不了多久了，山下的丘陵、沙漠草场很快被你变成移民村了。"

乌兰达莱听父亲这样说，激动地站起来。

"爹，你同意啦！"

"不同意能行吗？我们的县长大人写了十几页的信，把道理都说得那么明白了，你要造福旱区的人民，当爹的能拦着吗？你这孩子，从小就懂得攻心哪，心里的防线被攻破了。"

"啊呀，我的老父亲，我代表旱区的人民给您磕头了，谢谢您老人家这么通情达理。"

"少给我来这一套，把工作做好就对得起父老乡亲啦！"

"爹，您看，几年以后，这山下的农田村庄又是另一番景象了，南部山区的移民能够在这里安居乐业，您老人家做了一件功德无量的大事呀！"

"孩子，你记住爹说的话，不管你将来身在何方，永远不要忘了，你是鄂尔多斯山的女儿，要有鄂尔多斯山的胸怀，坚强、勇敢、执着、善良、刚直和包容心……"

乌兰达莱望着鄂尔多斯山的一草一木，想着父亲的话，心潮难平，是啊！她是鄂尔多斯山的女儿，她的生命属于鄂尔多斯山。

二〇二〇年二月于昆明

后 记

几年前，应出版社之约写一部励志型长篇小说。北师大的恩师提议说："孩子，就以你的人生经历为原型创作这部小说吧。老师认为你的人生就是一个传奇故事。人生三为：和为贵、善为本、诚为先。你做到了。希望你有三福：平安是福，健康是福，吃亏是福。愿你能散发独具魅力的星光！

"五年前，在我刚完成创作大纲准备创作之际，在我条件具备申报作家一级时，遭遇了打击，因此患重度抑郁症，这些年一直与病魔抗争……直到二〇一九年才开始动笔。每天只能坚持两小时的创作，头晕加之颈椎疼痛的折磨，抑郁症的时常发作，失眠、悲观的情绪时时围绕。所幸的是皈依了佛门，师父对我说：'顿悟、一定要坚强起来，菩萨保佑你。一切不幸都将过去，坏人会得到惩罚的。'"

这部小说重点对人物的个性、灵魂进行剖析，记述了女主人公乌兰达莱的幼年、青年时期不屈服于命运的安排，在鄂尔多斯山牧羊的同时以沙漠为纸坚持自学，在大自然、命运面前坚持自己的人生信念而最终走上成才之路。

　　小说先通过对鄂尔多斯山自然环境的描写揭示了主人公的生存环境，继而描写乌兰达莱因为照顾出家修行生病的姑姑和家庭的艰难而失学，年龄幼小的她承担生活的重担，在生存面前进行灵魂的思考。

　　乌兰达莱在鄂尔多斯山的怀抱里，拼尽全力面对生存的种种苦难：在煤油灯下读书、写作，在沙漠上以树枝为笔、以沙漠为纸写下诗篇……她让沙漠有了生机和生命。她在生命的成长过程中顽强不屈，小说中有这样的描写："世间没有恒常不变的事物，世上的万事万物无时无刻都处在生灭流转、不断变化的状态中；人生的境界，只有不执于万物、不住于万物，才能真正地悟及本心、脱离苦海，才是人生最高境界。相信自己、越活越坚强。我没有靠山，自己就是山，我是鄂尔多斯山的女儿，要有山一样的精神；我没有天下、自己打天下；我没有资本，自己赚资本。靠自己，才能笑得开心；靠自己，无畏艰难；靠自己，闯出一片天地。无论多么艰难，我一定要坚持，坚强地在沙漠上踩出一条路！"

　　乌兰达莱靠自学考上大学。经历了大学的洗礼，继而是受到爱情的创伤。她对待感情真诚，面对从千里之外来广州看她的恋人黎楠，她用全心全意面对眼前兄长式的爱人，满眼的笑，掩饰不住的激动，绯红的面颊，让人看到爱情可以使一个人如此生动、如此美丽！如一朵面对着阳光开放的太阳花，自然富有朝气。为黎楠的工作调动，二十来岁的她大费周折，将黎楠调来广州工作，解决两地分居。最后，面对调来广州工作而又负心的爱人，她决绝地转身离开。

主人公始终坚持自己的人生方向——始终像太阳花一样向着阳光而行。感情的创伤没有打倒她。后来她调回北京工作，又考上研究生，毕业后回家乡挂职副县长历练。怀着对家乡的一片赤诚，承担起治理沙漠的重担。在治理沙漠的过程中她自身的价值充分体现，她人生的青年时期走向辉煌。

这部长篇小说以生动的情节、翔实的内容体现了浓厚的民族风情，风格浑厚大气；又充溢着满满的乡愁，激荡起人们心中普遍的朴素情怀！

这本书的出版得到了许多人的帮助与支持，感谢大家！特别感谢我的先生，感谢陈老师和谢老师！感谢刘永松教授和柴鹰博小妹！

感谢在我的生命中认识我的人、我认识的人，感谢所有让我的人生变得丰富精彩而有意义的人！

2021 年 3 月